歐羅巴的蘆笛

滄海叢刊

葉維廉 著

1987

東大圖書公司印行

© 歐羅巴的蘆笛

作者　葉維廉
發行人　劉仲文
出版者　東大圖書股份有限公司
總經銷　三民書局股份有限公司
印刷所　東大圖書股份有限公司
地址／臺北市重慶南路一段六十一號二樓
郵撥／〇一〇七一七五－〇號
初版　中華民國七十六年四月
編號　E 83049
基本定價　陸元捌角玖分
行政院新聞局登記證局版臺業字第〇一九七號

右：佛蘭福特羅馬堡廣場另一角。作者與慈美（曼茵河上的佛蘭福特）

下：佛蘭福特羅馬堡廣場一角（曼茵河上的佛蘭福特）

1
4
3 | 2

[2]突然在高山上明快的佇立着，是一個完整的城堡，像童話一樣，在藍天裏微顫。（酒香的村鎮和城堡）

[1]萊茵河上有大小的遊船，上面坐滿了人，也飲酒和品味着咖啡，向岸上看搜索遠遠的山岩上有沒有古堡……而每每在一轉彎，在河邊的一個獨立巨石的山頭上，便見佇立一個城堡，完整的、破落的，每一個仍是那樣巍峩壯麗。（酒香的村鎮和城堡）

3走在佛蘭福特的樹林裏，被天摯的大樹包裏着，太陽光偶然如雨洒在我們身上……在樹林的中心，唯有樹林的小徑的兩頭透亮着光。圖中少年是作者兒子灼。（曼茵河上的佛蘭福特）

4試想像，在自然的雄奇壯麗以外，無數如畫的古堡殘垣，從突出的巨岩的尖頂，巖峻地俯視山谷。叔本華「萊茵的行遊」所記。（酒香的村鎮和城堡）

上：乘着酒香往上爬……腿是酸了，但倚着城堡的城牆，眼前展開的是如此深廣的河谷，各色各樣黑瓦的屋頂如此安詳的睡臥着，而教堂的尖塔，如夜間的守衞，保護着村鎮……此時，午後的一陣河谷的風吹來，是醉人的風，酒香的風……（酒香的村鎮和城堡）

下：人潮的湧動來到了提里爾市街的廣場……火焰形的紅拱門……白色的牆裏透出赭色的窗格，而一層窗形不似一層，層層的變化，眞是屋似繁花。前景是作者與慈美及女兒秦（初識古城提里爾）

上：提里爾廣場的另一端是矗立不移了十二世紀的「黑門」……羅馬時代以來的炭黑化。左前方是作者的妻子慈美與女兒蓁。（初識古城提里爾）

下：現在河面上陽光的折射，是一筆一筆的油彩在跳動，依着急促活潑的音樂，依着停泊在河灣的小舟上下搖盪，依着另一面河灣裏游泳者人頭的浮沉……我們踏上水面上的木板走道，尋找歌聲的來源……（讓景色擁有我們──蒙內：觀樂爾雅的洗泳）

右：溶溶的夕陽變色的速度眞快，才一分鐘，紅黃很快變爲深紅、紫紅、赭紅、深紫、墨藍、墨紫……（讓景色擁有我們——蒙內：麥稈堆）

上：一棵大槲樹濃黑的樹影下……那側面、髻高挺身坐着，沉思入平鏡河面的女子是誰？（讓景色擁有我們——蒙內：班內谷城的塞納河）

上：在我們眼前展開的，不是蒙特里安的幾何圖形的色塊，也不是羅斯果把一刻放大到無限的黃與紅……我們站着的，是法國的鄉野，麥田一幅又一幅，就像染了色的布，金色，黃色，褐色，青色……四，一直曬到極目不盡的天邊。（讓景色擁有我們）

左：巴黎聖母院，畫家最常選擇的角度（塞納河的兩岸）

右：坐在路邊咖啡座鎮日談文說藝，爭議哲學、美學、政治的風氣……使到法國的文學藝術裏有一種人的情感的交匯與衝擊……沙特在拉丁區，一杯咖啡在手，吹吹談談，而催生出震撼全世界的存在主義和與「休閒」背道而馳的「介入社會行動」的思想。我們也坐下來作一刻的沉思吧。（塞納河的兩岸：美與傳說的湧溢）

上：譬如塞納河沿河的書肆小攤，不知給了作家多少快樂。大家逛來逛去，搜獵珍本和便宜書。（塞納河的兩岸：美與傳說的湧溢）

左：作者和慈美在巴黎聖母院前（塞納河的兩岸）

下：塞納河畔這家莎士比亞書店以前不在這裏，但這書店卻與當今的大作家連在一起：海明威、喬義斯、史坦兒、龐德……等都曾在此駐足，都曾受到書店的持護。（塞納河的兩岸：美與傳說的湧流）

右：蒙馬特盡是待人發現的大畫家（巴黎啊，你將走向何方？）

上：薩拉孟卡城，臨風鎮夜的雄姿（卡斯提爾的西班牙）

左：蒙馬特的聖心教堂（塞納河的兩岸：美與傳說的湧溢）

下：在下午陽光斜照的一片黃草的盡頭，赫然盤踞着一座城堡，從中世紀的長景中站起來，這，便是古城亞維拉了。（西班牙卡斯提爾褐原上）

右：山城夏德以她雄奇的教堂的尖塔，揮動着沉默的天空……（在往聖·米雪堡的路上）

上：舍閣維雅的城堡宜遠觀，遠遠的高山上，帶着藍色尖塔的層層轉折圍牆的城堡，是標準童話裏的造型。（卡斯提爾的西班牙）

上：山城夏德：狹小，忽上忽下、彎左彎右的石頭街道，泛溢着中世紀的氣味。咖啡，夾餅，酒，從窗子裏流出來，我們揮着法國麵包去追蹤（在往聖·米雪堡路上）

下：在一片陽光下，豬糞的味道，雞糞的味道。旁邊幾棵滿掛櫻桃的樹，無人採摘。寂然。無人。彷彿入睡。整個村落。（在往法國聖·米雪山堡路上）

上：自海中騰然升起的，可是那壯麗得令人匍伏在地的聖·米雪山堡？

左：到愛風河上莎士比亞的故鄉……讓一些「遺跡……教我們細思」……

……他，用他的詩歌戰勝了時間（讓我們隨着詩的激盪到英國）

右：在莎翁故鄉的劇院裏，讓我們分別演出他劇中的角色。（讓我們隨着詩的激盪到英國）

下：我們走在／帝王后妃的棺槨之間／讀着他們的事蹟／敲着石棺／去試聽／一個回音／仔細去審視／棺蓋上的雕像／來認定／來想像／他們一度穿行的姿式（讓我們隨着詩的激盪到英國——西敏寺內　亨利第五）

左：這裏是「美是永遠的歡悅」的濟慈。這裏是「詩人即世界的立法者」的雪萊。（讓我們隨着詩的激盪到英國——西敏寺詩人紀念堂）

下：年青的一代也可以歷驗志摩的夢。作者的女兒蓁及兒子灼（讓我們隨着詩的激盪到英國）

右：人羣湧向泰晤士河，湧向充滿着埋伏、陰謀、擊殺、流血……的「塔樓」和樓外那條美得像童話的橋。（讓我們隨着詩的激盪到英國）

上：「尋夢？撐一支長篙」。讓他撐船吧，我們好重新歷驗志摩的夢。作者與慈美在劍河上。（讓我們隨着詩的激盪到英國）

上：斜照中倫敦議會大樓的側影
下：在剝落的史福薩王朝城堡的中庭上，現在放滿了座位 · 作爲晚間爲民眾放映種種歌劇和音樂演奏會。我們曾與畫家蕭勤、霍剛在月夜下的古堡聽杜蘭多。（時間的博物館）

上：梵爾賽宮御花園的大圓池邊此時已坐滿了人，站滿了人……四時一響，噴泉沖天而上，水中雕像從四面八方用種種速度姿勢配合，果然像交響樂，也像旋舞……。（陽光大道與天藍海岸）

下：酒墨的海，那荷馬史詩中反覆出現的詞語，和綠玉、紫水晶等，確是我們要專程來看的目標。（陽光大道與天藍海岸）

右：這個教堂屋脊的穿行應該是眼睛的節慶（時間的博物館——米蘭大教堂）

下：轉到屋脊平頂，坐在冰涼的雲石上看去，石荀的尖塔奔逐飛升，猶如一羣中世紀假面劇的舞者，冰凝在那高空的寂止中，等待我們發號而展姿。（時間的博物館——米蘭大教堂）

上：而這一所廊柱巍然的「屋宇」是凌空架在帕維亞城的提千諾河上的橋。和作者一家在一起的是畫家蕭勤。（時間的博物館）

左：在史福薩王朝城堡內，米基朗吉羅九十歲臨死前仍在鑿刻猶待完成的最後一件雕像，氣脈栩然，有一種猶在呼喊的語言從雕像躍出……（時間的博物館）

右：外面是一身紅磚，裏面則完全是白大理石建築的帕維爾大教堂……外面大智若愚，裏面氣象雄渾，外面「無明」，裏面「空明」（時間的博物館）

下：帕維亞修道院正面的石牌樓都是濃密精巧繁褥的壁雕。（時間的博物館）

我們坐着水上公共汽車——渡船——向威尼斯進發，遠遠便看見城，一片白色，陽光下的白色，自熠熠奪目蕩漾着玻璃的水晶海中升起來。是升起嗎？還是應該說沉落？還是應該說飄浮在那裏？（時間的博物館）

上圖：高塔爲聖．馬克廣場，右爲皇宮。

左圖：聖瑪利亞教堂。

右：修道院不是要苦行嗎……這大中庭四周的廓柱，和從中庭摺叠而起的高高的圓頂和其他塔樓，都是精雕麗色，再襯上中庭中的花木，眞是雍容華貴，不似修道院的環境。（時間的博物館——帕維亞的修道院）

下：費朗那沿河而建的紅磚城牆和橋，城堞一排如刀一路伸過去……爬上城堞去，去聽風聲嗖嗖吹過刀鋒。（時間的博物館）

上：威尼斯的大運河

左：威尼斯的迷人處猶在：兩頭尖細色彩鮮麗的遊船，由打扮得很羅曼蒂克的船夫，帶着對坐品酒的情侶，依着一些音律，在巨廈夾水曲折多變綠玉的運河上悠然搖行。

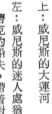

3
4 | 2 | 1

[1]
每個在中庭的人都向樓頭的小窗仰望，每個人都唸着那兩句羅蜜歐向茱麗葉讚美的詩：
啊，請輕些，什麼光從那邊的窗破亮？
這是東方，茱麗葉是太陽！
升起吧……（時間的博物館）

[2]
插入遙遠無窮的高天／白朗山瞿然突出——寂然、凝雪、祥靜／從屬的山巒，異於人世的形體，／繞着疊着，是冰雪，是岩石，在許多／凝結的洪流之間是巨壑無底的深層／青得像高掛的天穹，展開着，／逶繞着，絕壁堆疊／其間只有風暴居停……（阿爾卑斯山的抒興）

3 綠，無盡的綠，傾瀉的綠，波濤的綠，啊，也許應該說，搖籃那樣輕搖的綠，映照得我們一身的青！（阿爾卑斯山城的抒輿）

4 趁夜半之前，讓我們馳入綠坡裏，到高山的谷原上，蹤身入黃花拂飛的綠草中。（阿爾卑斯山城的抒輿）

4 | 2 | 1
3

1 我們過了獨木橋，沿着小路走入，不久便把一切車聲隔絕，從葉子間洒落的陽光，即是寧靜的足音，我們依着它們一步一步深入維也納森林的內裏。（阿爾卑斯山城的抒興：永遠的林木之音）

2 從噴水池旁飛起，從廊柱間翻轉而騰然的，是扭曲的一些雕刻的肉身，纏繞着，充滿着推向天空而又彷彿努力拖回地面的氣勢……（阿爾卑斯山城的抒興）

3 奧地利的地景，此時都是黃花照亮的草坡延綿不絕地伸入高天，馳入夢樣的湖中，擁抱着童話般入睡的鄉村。茱麗・安德魯絲在「仙樂飄飄處處聞」裏唱的「這就是我的山」，此時也隨着音樂活躍起來。（阿爾卑斯山城的抒輿）

4 突然，水從每個人的石椅的一個小洞噴出來，水從石桌中央噴出來，但王公不站起來，誰都不能先站起來。王公的座上沒有洞，也沒有噴泉，想像那驚訝，那呼聲，和顧不了褲子、裙子從底濕起而又不能離座的不得不做的大笑。（蕭約堡 Hellbrun 皇宮內噴泉花園）

上：從佩斯城看布達城的城堡山（布達佩斯的故事）

下：隔着多瑙河，看古老的布達城，巍然矗立的是圓身尖頂塔樓石壁壘形成的漁人陵堡（布達佩斯的故事）

給慈美・蓁和灼

目次

曼茵河上的佛蘭福特

◈

德國，要看就該到擁有最古老大學的海德堡，流連在當年浪漫詩人和畫家的聖地，穿行在古代的殘垣裏，在酒的瀰漫中沉入濃厚的書香……

要看，就該依著羅曼蒂克之路（Romantische Strasse），去細細品味一個個完整地保存著中世紀的外貌與氣氛的城鎮，和那目不暇給的繁縟而剛勁的巴洛克建築與雕刻。

要熱鬧，就該去慕尼黑，那音樂、舞蹈和狂歡節日的城市，跟巴伐利亞的後裔一同狂飲到天明。

現在是七月中旬，驕陽耀目，爲什麼不到童話故事般的黑森林去，幽林亮谷，騎在德國的屋脊上，吸著清新如琉璃的空氣，想像一個女巫和一個仙女，一幽一明的鬪逐……

爲什麼要到佛蘭福特，這個古蹟大部分已被炸平、在戰後重建、以工商業爲主的城市？你問。

好葱鬱的一片大樹林，如濃郁的綠雲，順著曼茵河把佛蘭福特溫暖地護擁著。什麼現代化市區的喧鬧和熙攘，管它的！有了這片林木，便足以引起我們去探尋。古蹟前路多得是，也不必急著去追跡。

◈

如是，我們穿飛過林木夾道寬闊潔淨的高速公路，跨過了曼茵河，然後，在許多矗立的現代建築之間，依著瀰漫著舊時代氣息的電車路，迂迴行進。從嶄新的巨厦一轉，眼前突然呈現一條作爲甬道拱形的橋屋，古老、宏麗，由四個雕像用頭頂著。我們跟著電車路從橋屋下穿過，在青石磚的路上搖行，而前面是一個不大不小的廣場，也是舖砌平齊的青石磚地面，一方的山形牆級級遞昇、雕花清麗、三四層高十五世紀風格的貴族住宅，一方是北歐影響下木架間塗灰的建築，粉紅、赭、灰黃、蛋白色相間相映成一種結實而活潑的趣味，另外一方則是以文藝復興時代風格爲主石建築的市政局，壯麗的盤踞著，色澤是一種泥紅，和諧地襯托著較輕快的其他建築。此時，廣場的角落上散放著多彩明亮的陽傘，傘下是咖啡座，三兩休閒的市民或遊客在那裏品嚐著下午茶，聽附近一個遊唱人在彈手風琴，偶然擡首在那裏指手劃腳地討論廣場邊緣上那尖塔插天哥德式的古老教堂。廣場上的一些飄旒，因著曼茵河的微風輕輕地拂動。啊，是我們的幸運，此時，七月中旬以後，忙碌的德國人都出城去了，而把這份空曠和寧靜留給我們。這個叫做羅馬堡的廣場，佛蘭福特最古老的角落，此時，在沒有熙攘喧鬧的空寂裏，竟是一個古老的小城，如繁複的花瓣所包裹著的寧靜的花心。而我們歐行第一站的落腳處，那德國友人留給我們停駐的公寓，竟然是在這廣場上唯一最古老的民宅裏，可以朝夕面對這些俊美的建築，這不能不說是一種意想不到的驚喜。

◈

在佛蘭福特，在曼茵河畔，站著一個精神抖擻的中年人，他把一片中世紀殘留下來的盔甲，磨得像河面上爍爍陽光那樣明亮，然後把它當作胸針那樣，掛在他熨得整齊平滑的西裝上，配襯得竟是如此合宜……

◈

記憶，隨著曼茵河，一一流去。流彈、血肉、破瓦，都已化作河前那片森林的沃土。記憶流去。

記憶日日的生長，像新生的事物，在幾何的線條下快速的伸張。

一些雨來得正好，在這空寂的夜裏，把廣場灑得一片迷漾，更加像回到中古的時代。

在廣場上，在教堂的稀薄的陰影下，有人把一些布旗燃燒，霍霍焉的火圈裏，幾個人把一個雕像似的人高舉起來，隨著動畫式的羅傘轉動。城裏的人，圍著火圈，都拿著雨傘在觀看，火中的雨，夜中的火，焚燒的儀式，他們在宣說著怎麼的一種已經失去的藝術呢？

教堂依時敲起了古老的鐘聲，在人羣逐漸散滅的空寂裏。

◈

河是那樣憩靜，在微微拂動的晨風裏。沒有幾個人在河邊散步。河邊簌簌的樹葉便一波高似一波的響起，彷彿回應著河上的微瀾。偶爾一條長長的運貨拖船，也是如此緩慢的推行著。也許是遊客不多的緣故，遊船都像睡眠似的停泊著。走在河邊的路上，聽著自已足音的起落，仰首只見兩岸上好幾個世紀的建築，如果較遠處沒有一些碑石式的現代大樓，如果沒有河邊大道上把風割得似破布翻飛的快車，這個早晨，彷彿從上世紀到今天恆常未變半分。

◈

在柏墨爾公園裏的一棵大樹下，散放著一些紅色的室外桌椅，四面是盛放的海棠花和其他修剪平齊的花圃。空氣溫和而微微抖顫。走累了的看花人坐下來，呷著咖啡或茶。而透過篩著午後陽光的葉子，一隊樂隊正在那裏嚴謹地奏著華爾滋，向臺下全神貫注地聽著的老人們。

時間被摒棄在花園外。

◈

在這個地方，我們不談學問，這個菜市場。看，多少種新鮮的綠色，多少種不同的蔬菜；聞，那剛出爐的麵包，脆的、鬆的、軟的、硬的；聞，那多樣的醃肉和乾酪片的香味，豬肉的、牛肉的、雞肉的，以及牛舌……，聽那純鄉土的快人快語的德國話……一切都如此熟識，不管你是德國人還是中國人，一切都如此可感可認，只要你會聞、會嚐、會吃……我們來買一些吧。

◈

英文只可以半通的德國醫生，迫不及待地對我太太說：妳說妳從加州的聖地雅谷來？妳不知聽到了新聞沒有？昨天，一個瘋狂的美國人，在聖地雅谷的一家麥當奴漢堡店裏，一連射殺死二十多人。恐怖！眞恐怖！那些美國人！妳現在是不是覺得妳幸好人在德國？關於妳的喉痛，妳可以拿這個藥去吃……

到佛蘭福特的樹林去！

到樹林口。路不通車。我們下來走路，四個人，被攀天的大樹包裹著。太陽光偶然如雨灑在我們的身上，灑在泥路上。這是唯一回應著我們的足音的音樂。

是如此的靜，我們幾乎可以聽見我們的呼吸飄浮過鴨子在湖上游過的流痕。

◈

在樹林的中心，唯有樹林小徑的兩頭透亮著光。偶一回首，從那光的中心，湧現一個散髮的女子騎著一匹暗色的馬，被光浮送過來。嗨！日安！那暗色的馬帶著一個散髮的女子，緩緩的踏向另一頭光的中心，緩緩的溶失在光的中心裏。

◈

中午。在樹林的中心。一間啤酒館。一間餐廳。只有我們四個人，被紅格子布的餐桌圍住。刀叉的聲響裏是從我們頭上越過的葉子的碎語。

◈

（一九八四年七月十八——二十）

酒香的村鎮和城堡

我們決定自己開車，是要看一般旅遊看不到的地方：村鎮和田野。

大城，大城當然有令人興奮、令人駐足流連的建築——懷古的讚嘆，文化歷史的沉思與低迴；但當你走過了十數大城以後，教堂、皇宮、廣場都逐漸重疊爲一個相似的形象，剩下來的城市的活動，如交通、購物……和別的大城市都大同小異；紀念品，除了上面印上歐洲某城某城的名字之外，有時竟然完全相同，沒有什麼民族、文化特色可言，說不定你把底翻上來，還是Made in Taiwan（臺灣製）或 Made in Korea（韓國製）的呢！

觀光大城，除非你住下來一段時間，慢慢經驗、慢慢感染，否則你始終是個「域外人」，走馬看花。大城似乎始終與你保持著相當的距離，親切不起來，熟絡不起來。

一個民族眞正的基層文化風範文化氣息，是在小村鎮裏，在田野間；因爲小村鎮裏、田野間沒有太多虛飾的架構，沒有太多「世故」的面具，也許更重要的是地方小而簡樸，我們彷彿可以一步便踏入它的心膛裏，很快便可以親切地熟絡地感受它、欣賞它、甚至觸摸它……

◈

從佛蘭福特的時速平均九十英里一百英里的A66公路轉向42號小公路的時候，眼前猛然展開一谷的嫩綠，一山又一山、一谷又一谷的葡萄藤。隱藏在纍纍的葡萄和隨著微颸四溢的酒香中間，在安詳而若顫未顫的綠葉裏，是那樣美好、漂亮、乾淨、明快的酒村和酒鎮，依著石板街曲折迴環，狹窄而親切，屋宇變化多端，每間都各具獨特的格局與形體，或帶角度、或斜簷、或彎壁，各顯其姿，各展其美。在這裏，生活不是垂直或四方的；就是中產以下的人家，也花些時間把窗花、門雕和天竺葵安排得精緻和明淨，在曲折迴環的窄街，你呼我應地一路挑逗著我們的眼睛。這，是生活的富裕？是精神的富裕？還是教育文化長久的陶養？我們的農村（請原諒我的坦率啊）和小鎮，古雅者有之，但不多。我看到的，大多都很粗糙，建築形式極少爭妍鬥異，而一般來說，都不夠乾淨，不夠衞生。這是中國以前貧窮留下的後遺症嗎？是文化陶養因歷史意外的中斷嗎？據我所知，他們的收入可能比這些酒村的村民高出很多；事實上，近年來從農村挾巨款到外國旅行的人，一年中不止萬人，但他們的衣著、生活方式、言行和住的環境，爲什麼還呈現著那麼庸俗，有時甚至粗野呢？貼金代表的絕對不是精神的富裕。

9 · 堡城和鎮村的香酒

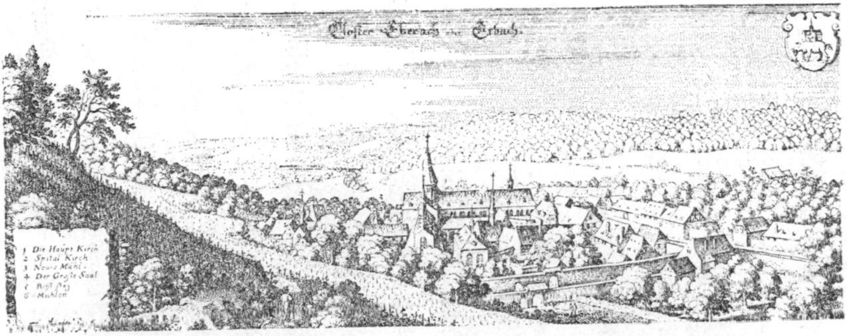

艾白巴哈修道院

翠綠在陽光中閃爍。

教堂的尖塔從農舍的屋頂上騰升，遙遙的和鄰鎮的尖塔靜靜的呼應著。

在一列列防風林的外面，在這個初陽未熱的早晨裏，我們隱約地聽見舟舷擊水的聲音，我們一昂首，正好看到一條長長的貨船，徐緩地推向下游去，我們已經在萊茵河的河畔馳駛。

◈

馳向萊茵河，是要看河岸兩旁中世紀留下來的城堡。我們第一站在艾白巴哈附近，卻向山谷裏走，爲的是要看一所修道院，艾白巴哈修道院是西妥教團系列的寺院，是中世紀全盛時期的建築，深藏在一個幽谷裏。

孩子在後座指手劃腳按圖指揮，我們穿過街道曲折的酒鎮，轉過斜坡，越過鐵軌，我們已在小丘的圓頂上，兩旁一波綠、一波金黃未熟和已熟的麥子田，彎入深谷裏，然後又翻起到山谷另一面的斜坡，繼續延展過去。在最後面，在一些濃綠的林木之間有些大農莊，四平八穩的坐著，俯視著農作物。好憩靜「如畫」的田園境界。這顯然是印象派的色彩，而這色彩必然是春來秋往都年年遞變的，不知有多少世紀了。但爲什麼德國的畫家甚少畫這樣的景色，或者應該說，甚少畫這種光亮、透明、澄淨、近乎音樂的和諧色調，而走向狂蠻駭人、沉黑而壓人的表現主義呢？卽連梵谷那種陽光熠熠、彷似躍紙而出的野獸派線條都甚少。如今，看著這一波接似一波的色澤，我想的是蒙內和梵谷的筆觸。明知是時代錯誤地域錯誤，但這些色澤是如此的成熟，我就讓它們提高我這個不會油彩的人的視覺吧。

艾白巴哈修道院所坐落的山谷果然深幽，黑色石瓦的屋頂，一展百丈，帶著羅馬式的塔，在林木的環抱的中央，嚴肅而安詳地指向藍天。輕些走啊，不要把牆腳的杜鵑驚動，不要把酒窖中沉睡了一個世紀的紅臉的酒鬧醒。

◈

沿著42號公路走，就是沿著萊茵河河谷的右岸北行。依著河的轉折，一個個美麗的河鎮山市依次出現。兩岸遊人如織。河邊都是酒店、旅館、咖啡座。人們沉入酒香裏，思入河的流轉中。他們是如此休閒的坐著，看河上的活動，聽水聲和櫓聲的起伏。河上有大小的遊船，上面坐滿了人，也飲酒和品味著咖啡，向河上看，或向河的上游，搜索遠遠的山岩上有沒有古堡。也有人在河的兩岸，騎著自行車，一彎又一彎，一谷又一谷的馳行。一彎又一彎，一谷又一谷，而每每在一轉彎，在河邊的一個獨立巨石的山頭上，便見佇立一個城堡，完整的、破落的，每一個仍是那樣巍峨壯麗。即使是廢堡，其俯視河谷的雄姿和氣勢，足以令人向中古遐思，想像一個武士爲了一個公主，騎著馬，那麼費勁地，翻行上那懸岩上的城堡……或者爲了戰爭，用彈石，用雲梯那樣前仆後繼的攻城……但又好像都從來沒有發生過，因爲如今一切是如此的平靜。城堡的存在，彷彿完全爲了要完成一張畫似的。

◈

雖然我記得行遍歐洲的漢寶德好像說過，大家都用童話的眼光去看城堡，用浪漫的眼光去美化它們。他說，城堡其實是爲了防衛而建，和它們緊緊相連的是戰爭、流血、焚城、謀殺，以及令人不忍卒睹的極刑，一點都沒有浪漫的氣息。

這話當然是眞的，正如說月球上沒有玉兔與嫦娥一樣的眞；但在這黑暗的歷史的前面，城堡的氣勢仍是具有令人讚嘆的美。譬如眼前的萊茵河的城堡吧，便有不少詩人墨客讚嘆過：一七七四年歌德的「向高塔敬酒」，一七八八年賀德齡的「旅遊日誌」，其次法國的雨果、英國的拜倫都曾大幅度地描述萊茵河上的城堡，也不乏浪漫式的賞識，這倒不是現實性與非現實性的問題，正如讚嘆山水並不一定是逃避主義。讓我們試著跟隨叔本華「萊茵的行遊」，來承受一下這些城堡的湧現：

試想，在自然的雄奇壯麗以外，無數如畫的古堡殘垣，從突出的巨岩的尖頂，嚴峻地俯視山谷。在我們的行程裏，我們看到一個、數個這種位勢特殊、建築奇麗的城堡。我彷彿在翻閱一本古舊的風景版畫，每一張都如此引人入勝，如此快捷地接踵而至，我們一下子無法全收眼底。在艾斯曼斯豪城的後面，蘇納克城堡的殘垣如皇座盤坐在岩石上；而緊跟著這景物的後面，河慢慢的展開如湖，在這如湖的河面中央，我突然驚覺一條展開巨帆的戰船泊在那裏。啊！不是，原來是普法爾茲，一個建在萊茵河河心的城堡。在對面是老城高布沉黑的城牆，其上，高高傲然獨立的是顧丹飛士城堡的殘垣；而在聖・哥亞那可愛的小城後面，另見革命戰爭所摧毀了的萊茵飛士的城牆，冉冉升起……從這個角度看過去，遠遠的，又有兩個城堡的遺址。我眞不知如何去向你描述這城堡山水的壯美，尤其是現在，當落日轉爲淡紅而爍爍焉在我們的目前，我無法把自己從這些景物間拔開，直到一切沉入落日的餘燼裏。

◈

也許是越洋飛行的時間還沒有改過來，也許是靠近中午，景物在熠亮的陽光接踵衝入眼底，有些累了。就停下來，靠著萊茵河的岸樹下。停下來，就乾脆野宴吧。德國凱撒包和醃肉。路旁有些小攤子在賣桃子和櫻桃。七月底了，照講季節已經過去；但在這裏，似乎正在成熟的時候。

德國的中部，此時仿似小陽春，一點也不酷熱。坐在河邊，河面上微風偶起，極其爽神。

山上有一個空蕩蕩的廢堡的殘垣，山下河岸的林間，我們現在注意到，卻是現代的「拖車屋」，一小車一小車纍纍的擠在那裏露營。他們屈身在這小小的空間裏，有點你推我擁的樣子。他們是爲了逃離大城的煩囂，爲了走向空曠而來，但結果呢，還是走向擠擁。也許，對他們來說，「空曠」是在他們的心中。「心遠地自偏」。像我們吧，遊是應該一個城住一天，一個谷遊一天，才可以盡得萊茵河谷的美。但我們的時間，像他們所得到的空間，是那麼短少和狹窄，匆匆來，匆匆去。啊，一鱗半爪，一點一滴。要有很多的時間才可以擁抱全面的空間：我們永遠爲了時間而奔逐……

◈

一轉彎，幾乎要驚叫出來，眼前，在半空中，從刺形的懸岩的尖頂，一座奇特巍峨的城堡躍起，彷彿要帶著城堞飛揚，騰升向天環的無限裏。

萊茵河上的城堡城鎮（*1646 Merian* 刻）

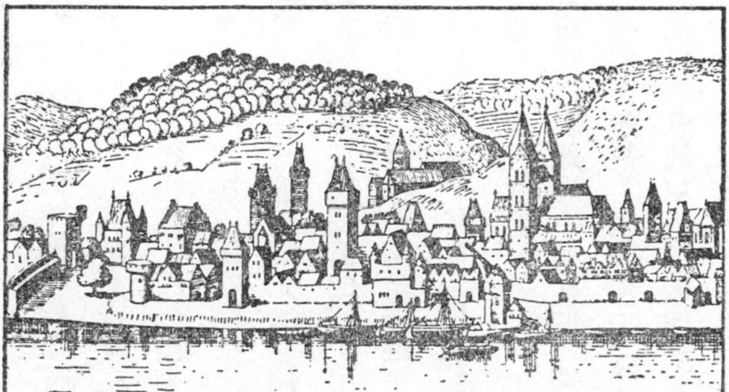

這是包拉巴哈鎮有名的馬克堡，一個七百年來沒有受到破壞的堡壘。我們穿過許多老房子的鎮街，沿著山邊兩旁濃密的樹盤旋而上。停在一個空地以後，再步行，聞著野菊的花香向塔樓的山上爬。摸著十三世紀的城牆，眞令人難以想像，那麼久遠曾在這堡壘中發生的事：那些穿戴著沉重的盔甲的武士和大圓裙的女子如何可以穿行在從山石鑿出來的崎嶇不平的狹道上；那雙手提起裙子的美女如何可以在其上滑行；或是，一個被囚困在高塔上的女子，如何從箭垛的窄縫裏，俯視萊茵河谷，等待一個武士騎著黑馬，乘著月色與河光，達達的趕來；或者，一個公主，滿腦子羅曼蒂克的暇想，等待一個行吟歌人到窗下替她鍾情的武士唱出心中的款曲：星星的眼睛，百合的手，夢樣的裙顫，光華四溢的移行……。現在一切是那麼平靜而空蕪，城堡的走道是那樣粗糙不平，一些石壁在青苔的裂痕間，顯出幾個世紀風雨後的破毀與疲憊，一些城角與塔樓雖然那樣挺拔指天而立，但還是覺得冷清孤寂。

付過了參觀費，一個精神奕奕的德國青年，拿著一根看來極其沉重的鐵鑰匙，領我們穿過吊橋，和圓頂的隧道而走向堡壘的大門。他愼重地把它打開，讓我們進去，然後再鎖起來，好像要把現代的世界鎖在外面，才開始古代世界的行程。這個德國青年馬上口若懸河地，抑揚頓挫有聲色地，用德文向我們詳盡、細心、半演出、半解說的介紹；對我們來說，倒有幾分中古的氣氛。因爲德文底子已經幾乎沒有了，在城堡內的中古器皿所構成的氣氛下，他那股裝腔的聲調，則更似中古的德文了。我們就跟著他多樣的戲劇的表情，依著簡陋的英文介紹，揣測他說話的內容，然後憑想像再塡入眼前的事物裏。

「這塊突出的護城板，堡裏的人可從裏向敵人倒熱的油或柏油……

「跟著是馬克堡歷代的銅的戰袍……

「前面是熔鑄爐……」

我們翻過了從磐岩上刻出來的樓梯，穿過守衞房，繞著城堡到了大堂，大堂前有好幾尊炮臺。然後，我們轉進外城廓。

「這裏有一百七十種中世紀的香草和花……」

我們沒想到在這些剛硬的建築旁有這麼柔麗的植物，彷佛它們就是城堡的女主人。從這外廓看下去，正好是城堡較低的一個塔樓的塔頂，上面長滿了不知名的蕈狀小草，在山風上微顫；山下遠遠萊茵河的水面，此時像一面鏡子，把眼前的小草襯托得完全透明。這些，也是中世紀這城堡的主人們所看見的嗎？

再爬一段木樓梯，我們到了主堡的內層，大塔和核堡巍然豎立著。

「這個房間以前是馬房……請看這些中世紀的刑具……」那德國青年介紹那些令人吐舌的刑具似乎特別用心，指東指西，又用圖解，務必使得每個遊客都注意到，不知是要提醒我們中世紀的殘酷，還是爲了使他的敍述更生動。

我們繼續走向酒窖，好大的酒窖，葡萄搾酒器猶在，雖然不知已經乾了多久；走向龐大的廚房，睡房，紡織房，軍器房……。一個城堡就是一個完全獨立自主的小村，生活的一切都可以不外求。

「這下面便是地牢，只有一米七乘一米七，以前還有水，被捉到的人都被放在裏面受苦……你們看，你們看！」

大家看看，興趣不大。幸好轉一個彎，又到了門口。那德國青年把門打開，我們又回到現代。陽臺上，遊客在咖啡座上喝咖啡或茶，不時向城堡的外面看：山綠仍是那樣憩靜，下面，萊茵河在陽光的迷茫裏蜿蜒入極目無垠的遠方。

◈

從包拉巴哈北行，經柯布蘭茲，可至科隆，一路上去，還有甚多城堡，說不定還可聽到華格納有關萊茵的音樂。但我們決定在柯布蘭茲，在萊茵河與莫塞爾河交匯處向西南依著莫塞爾河畔馳行。在地圖上看，這是九曲十三彎的一條較小的河流。我們想，萊茵河愈進交通將愈多，這條

萊茵河上的城堡（*1638 Wenzel Hollar* 刻）

較少人知道的莫塞爾河，附近的景物可能更清純。

果然是一個好的決定。莫塞爾河谷兩面山坡比萊茵河狹隘峻拔；由於迂迴多彎，前方可以遠看而有盡，柳暗花明又一村，在每一個彎角的地方，你不知不覺的會期待新景的出現。側看則必須仰視始見峰頂。在前看側看的交替中，有些目不暇給的樣子。拔起的山坡，大都是梯田式嫩綠的葡萄園。換言之，莫塞爾河谷的村鎮都是酒村酒鎮。但它們給我們的感覺則與萊茵河所見大異其趣。首先，也許是河面窄而彎，我們一路上沒有看見任何的大貨船或大遊船，有的都是小小的私人遊艇的模樣，也不多，休閒地在清幽的河上馳行。其次，酒村酒鎮的規模都很小，沒有工廠煙囪的建築，空氣便更形清新了。由是每一個村鎮都像穿著典雅明亮的君子淑女，修整平齊，彩頂白牆在欲滴淋漓的綠葉中。由於河彎，它們出現的每一個角度都有峻坡柔水的扶持，都是特具姿勢的美的呈現。不知多少次，太太說，停下來，照個相，彷彿不欲失去一個摯友情人似的。但事實上，照是照不完的，而且「一棵樹，一湖光」在我們的生命裏一閃便過去，在記憶裏只留下一個在靜寂裏偶然湧起的印象，我們捉不住它，我們也不會爲它像向故鄉一樣的回歸。

◈

先左岸後右岸，如是宛轉滑行，而到了高尋鎮。突然在高山上明快的佇立著的是一個完整的城堡，像童話裏一樣，在藍天裏微顫。此時路上車水馬龍，突然熱鬧非凡。河邊都是咖啡廳、餐廳、旅店，都坐滿了人，一片喧鬧的聲音。我們設法開車上城堡，問了好一會才知道，欲上城堡，只能步行。我們棄車沿著狹街向上爬。這個小城的建築極其別致，凸窗、山形牆都有不同的雕飾，窗上都是天竺花，好幾種的紅自綠葉與粉紅色的牆拋出來。這是午後，兩邊的啤酒堂和酒堂都是人，長桌、長椅，人手一杯，笑聲、鬧聲，一波一波如蜜蜂吸蜜的營營作響。我突然覺得，二十年前看過的電影「學生王子」裏唱「飲、飲、飲」的時候，必然是在這樣一個城鎮裏。

乘著酒香往上爬行。就有人有如此的雅興，流著汗爬到半山來飲酒或喝下午茶或吃晚飯，爲的是要看山下谷間的景色。二十分鐘以後，腿是酸了，但倚著城堡的城牆，背著挿天的塔樓，眼前展開的是如此深廣的河谷，各式各樣黑瓦的屋頂，被嫩綠的葡萄包裹著，如此安詳的睡臥著，而教堂的尖塔，如夜間的守衞，保護著村鎮；而城堡，則像另一個守衞，把持著關隘，敵住一切狂蠻的入侵。

此時，午後的一陣河谷的風吹來，是醉人的風，酒香的風……

初識古城提里爾

也許是太疲倦的緣故。

天還是黑沉沉的，室內除了妻子和兒女的呼吸聲外，是一片寂然。

外面。晨光仍未來到。

我醒來，竟然無法串連起昨夜入城的細節：昏沉沉中往河邊飛逝的樹影。一些城堡的塔樓在夕陽最後的一線餘光裡揮動著山頭。數聲疏落漸遠漸近雜著嘻笑與歌音的槳櫓聲、水濺聲。空街空巷褐色的酒吧裡隱約可聞年輕人的鬧酒與喧騰。空漠的感覺。昏沉沉的邊城之夜。

在我們的行程裡，我們走過地圖上許多具名而又無名的城鎮。彷彿是行程上的需要，彷彿是莫索爾河有意無意的引領，彷彿是景色的挑逗，或一個奇特名字的激發，彷彿是夜已昏沉，彷彿是因爲疲倦……我們到了邊城。邊城，邊城總是浪漫的，更何況，提里爾（Trier）這個比德國還要古老的城市。邊城不在大，有「古」使靈名。提里爾的名跡靈跡必然遍地皆是，如是，我們便搖盪入城來。

在我們的行程裡，也不盡是只爲看什麼而駐足。事實上，我們有時不知怎的會在一個生疏的城市裡，在一個生疏的旅舍裡，度過一個難忘的夜晚；第二天一早便離去，那個城市究竟是什麼模樣，有時完全不知道，當然更不必談那城市的過去和未來了。做一個過客，一閃而過，來與去，去後會不會再來，都幾乎沒有什麼認識、沒有什麼興奮的感覺；然而，那一閃的印象，竟然如一隻強而有力的手，把我們緊緊地抓住……留連約三個小時的一個邊城，一個路過稍駐的邊城，竟緊緊的把我們抓住……

◈

昨夜，在蒼茫的暮色裡，古色古香狹道樓頭的盆花，是一些凝定的影子；在蒼茫的暮色裡，櫥窗裡櫥窗外，一些倚著、斜著、臥著的姿勢，等待著醒起；沉睡。空。寂。和漸遠漸滅年輕的酒客、旅客的喧鬧。

◈

德國的晚飯，在酸菜與洋芋之間，是女侍濃重鄉音話語不清中親切的招呼。

◈

據說城中一所「紅屋」旁有這麼一塊碑石：Augusta Treverorum 奧加斯德大帝提里維利皇城。比羅馬還要古老的城市。萊茵河區羅馬駐軍的補給站。凱撒大帝一度的行宮。康士坦丁大帝的首都：宮廷、溫泉浴場、集會大會堂……歷史的故事便因著一塊碑石而展開，讓人追逐思迴。但我們不要往過去追逐；我們只要浸浮在新鮮明亮色澤中浮游著的古雅氣息。

◈

馬克斯故居的對面，兀立著公元三〇六年建的集會大會堂。外面看：簡單、樸拙、高矗、雄偉、用完全沒有虛飾的磚石垂直建成。長方形的建築，兩層高的拱窗，把陽光梳射入內。裡面看：樑高堂深，彷彿有一種深沉的靜寂迴盪著、迴響著，無需說話，盡頭的講壇就是沒有講經、演說，也自然而然的使人肅然起敬。這是建築的空間所自形成的森嚴。高、深、壯、闊不純然是一種空間的量度。有人說，凡是康士坦丁建設的都必宏大！此話一點也不假。堂內可以容納兩道最高的城牆！從進口看進去，兩個舖大理石的牆壁映著光滑的大理石地面引向堂盡頭半圓形的壁龕，而在兩個拱窗之間，在梳漏過的陽光照射下，康士坦丁大帝彷彿神一般坐在那裡……。

◈

在羅馬大會堂的前面，在一片草坪和繁花綠藤夾道的盡處，是粉牆與雕像林立十八世紀建的洛可可式的皇宮。在古拙與簡樸大會堂的對照下，這繁褥貴麗紫色泛著粉紅的皇宮幾乎顯得庸俗起來。但藍天、紅花、陽光和早晨花園咖啡的嬝煙下，誰不想拍一個照，把古雅與俗麗輝映下難得的一種清新捕捉？

◈

盛裝的男女。穿得光潔整齊的孩子們。星期日的早晨。跟著他們走準沒有錯。渾身是赴會的旋律，在這「車輛不得駛入」的街巷裡顫動起來。我們向著城的中心行進。

曲巷一轉，擡頭是挿入天藍的一個圓椎頂的敎堂的尖塔。彷彿是約定似的，此時鐘聲響起，逐走了早晨最後一絲倦意。忽然，來做彌撒的善男信女，從街市的四面，夾著不少衣裝極其隨便的遊客，一齊湧到。提里爾從空寂蒼茫中醒轉過來。

這敎堂代表了歷史的重疊，對一個學藝術史的人來說，可以一層一層的作風格的分析，直可以花上數日。我想這些遊客裡，自然也有不少這樣的人。你看，此人不是在指指點點嗎？由門廊的雕像一一述起，然後遠鏡近鏡拍個不停。對我來說，總是喜歡遠觀，看它的氣勢；對我來說，陽光灑在磚石上、拱窗上、塔樓及半圓的壁龕上所折射的光暈與投影，有時比那建築上的細節還重要。雖然如此，我仍然被門廊右方巨大的花岡岩柱所吸引。這根在三八〇年便豎立起的石柱，在色澤上、氣味上，當然着着迴應着羅馬大會堂的格調與韻味：古拙、樸美。在重建的過程中，雖說是增加了城堡形的塔樓、羅馬式的雕像和內壇圍柵，以及巴洛克式的袖廊，但在色澤上，還保持著一片磚石的古雅；在造型上，努力維持了花岡岩原柱的簡樸，把所有的華麗及繁褥都傘蓋在教堂的內裡。我一直覺得，宗教的禁欲雖然是反自然，但在建築上走向光怪陸離的華艷總是不合宗教作為宗教的興味。提里爾的教堂，像原柱的花岡石：堅實、莊重、樸拙、清朗、不虛飾、不浮誇，所以美。

◈

人潮的湧動來到了市街的廣場。空氣裡洋溢著假日節慶的味道。樓房是多色彩多形式的樓房：火焰形的紅拱門，夾著雕像，襯著白堊色的牆；白色的牆裡透出赭色的窗格，而一層的窗形不似一層直上至三樓，其上又襯以城垛、小塔樓及尖屋頂，層層的變化。游目環視，此樓又不似彼樓，大家都要堅持自己的門牆的花款與色澤。乍眼看去，屋似繁花爭艷，由廣場兩邊順著夾道一直開下去。而廣場上，在金色雕刻的聖・彼德噴泉的四周，彷彿是昨夜沉睡了的花苞，今朝因著太陽而一一醒轉，啊，是又紅又藍又黃又青在微風中飄蕩的傘花！花下是悠然舒展的細品咖啡與茶的客人，如此的活躍！如此的熱鬧！怎麼也無法令人回憶起昨夜初臨的空寂與蒼茫。市街的睡與市街的醒，暮色下的市街與陽光下的市街判若兩個不同的世界。德國人是愛潔淨的民族，這個把車輛摒棄在外的夾道廣場，在陽光下熠熠生光，幾至一塵不染。

人潮的湧動到了廣場的另一端。另一端是矗立不移了二十世紀的「黑門」，那炭黑化了的石建築，高三十米，原是城牆的北門。初建時是淺黃色，二十世紀以來的風煙使它轉爲炭黑。建築結實，據說羅馬時代以來的城砦，還沒有那一個可以和這道黑門的挑戰性相比的。在那雙重門的後面，有一個內院。如果敵軍已經衝進內院，生還的機會也不大，因爲此時將箭如雨下，繼之以溶鉛與油，非死卽傷，所以歷史上從來沒有人破過這一道關。

我們正在上上下下端詳的觀看之際，忽然黑門旁邊爬滿了紅葉綠藤的庭院裡，傳來一陣洪亮的上揚的音樂，醒神而悠揚優美。原來是當地有名的軍樂隊，在許多傘花下餐飲的客人中，演奏著他們所愛聽的曲子。我們擠入人羣裡，站在黑牆的窗旁，傾耳去聆聽，陽光的星期日早晨裡幾支久違了的名曲。

◈

不錯，美可以療飢。聞著香噴噴的燒豬腳而不覺餓。我們必須在離去前看完君皇的溫水浴場、芭芭拉溫水浴場及鬥技場的遺址。到了那裡，只見一些牆腳，一些磚石的遺痕，遍地青草和拱窗上垂下一串猶帶水珠的藤花。我們站在那裡，思接千年，也無法喚起羅馬時代的女子，在浴池裡讓熱水把凝脂去盡，香汗淋漓欲滴的笑聲裡，各自吹噓她那位每征必捷的將軍……。但浴場的雛形猶在，我們又無法不相信那些笑聲，那些淋漓欲滴的香霧與雲鬢不曾發生。而當我們坐在草色青青的鬥技場圓環的最高處，俯視那正午中幾乎死寂的圓圈裡，也無法不相信，那狂暴殘忍的人獸鬥或人與人的互撲不曾在觀眾的喧騰裡流血而至死。

◈

我們靜靜的來，提里爾不會知道。

我們靜靜的去，提里爾也不會知道。

我們沒有留下什麼，也沒有帶走什麼。但如水銀燈的一閃，那些在燈光下亮起的事物，將永遠留在我們記憶的底片裡。在適當的時刻裡，擦一根火柴，亮一盞燈，我們又可以重新看見。

讓景色擁有我們

——印象派景物試寫

小路小徑蜿蜒入樸拙原始的鄉村郊野，它們不但沒有干預到自然，而且還襯托了它。事實上，這些小路小徑引領了我們親切地認識了自然一轉一折所呈現的閃爍而新鮮的面貌；一轉折一驚喜，無所謂大景無所謂小景，壯闊有壯闊的美，纖細有纖細的迷人。路的動向給了我們畫家的角度，光影浮離的變動給了我們畫家色澤的視矚。小路小徑沒有干預到自然，而且襯托了它，生動了它。

◈

我們離開了盧森堡進入了法國洛蘭平原(Lorraine)的時候，已經是午後欲睡的時分。驕陽溫煦，明亮而又迷離地打在極目是草色間樹色林木疏立穿插著若眠村落的原野上。時間動而若止。此時，最好是走入瘦小的路，慢慢的移行，去擁有景色或讓景色擁有我們。

也許是灰藍灰白的雲塊滯凝不動的緣故，一展無垠的遠天，竟然像若有所思、出神地俯視著祥和的原野。在她微圓環抱的袖沿，一點一點由微光閃起的墨綠——是遠樹吧——排立著，又彷彿是浮動著，在一條依著天沿橫展金黃的麥浪上。浪湧處，淺黃、青黃、金黃、泥黃。那泥黃必然是犁翻過的土，這麼隱約，在遠方，和麥浪在陽光裡起伏。微微湧伏的金黃順著西風延動。湧伏、延動，而被拂著大片粉墨綠、突起田疇的防風林所攔住。拂動的墨綠裡，一些較激動的色澤，像一羣驚起的綠鳥，從一棵樹上飛出而復凝住，樹很短的投影旁邊也是一扇半長條黃半長條綠的農作物一直伸出視線以外，一些未整理的麥草堆，兩三個偃臥著的犁，一把廢置的藍傘，以及摘下、割下而待運走的一些收成。陽光。出神的藍天。寂然不動的田野。無人。就在這個時候，眼前一大團又紅又黃又紫又白的野花，輪廓和姿勢都清徹地舞動起來。就在這個時候，我們才看見安詳地隱藏在綠樹間的是幾家紅瓦白牆的農舍，就在這個時候，一陣麥草夾著泥土夾著水肥的味道，因風騰起。

◈

順著泥土在太陽和風滌蕩後的氣息，我們越過野花，爬上沙石被踏為一體、瘦小的坡徑，沒有輪跡、沒有標誌。在深綠透著閃爍明亮的葉叢間，我們彷彿可以聽見白日的呼吸，由樹葉的微濤應和著。深沈陰暗葉叢的一個相當寬闊的缺口，忽然開出幾株挺拔的白楊樹幹，把深沉與陰暗推向兩旁。而在一些翻白透明的葉子間，在一道幾乎被爬藤淹沒的矮牆後面，由遠處一塊豐滿的天藍和著了陽光的草綠所托現的，是一組新漆的古舊的村屋。不同方向的堊灰白的牆壁折射著橫斜的光影，和斜向另一些方向的紅瓦、黑瓦互相調玩著。明亮的牆壁上，幾個暗黑的窗子，如此的深不可測，彷彿可以深入村屋靈魂的內層裡。撲、撲，啾！一隻被我們的腳步驚動的翠鳥，彈動了樹頂上的光葉，穿過明亮的寧靜的中心，拍著空氣和陽光，滅入村屋天邊的叢樹裡。

◈

漸漸開闊的路，藉著那弧度的指引，更能使我們注意到樹的色面、葉子的色面，和泥赭泥黃路的色面，因爲光照堊灰突然亮白起來的牆壁，和左右斜伸的紅屋頂、褐屋頂的色面，它們之間有一種活潑潑的交相感應；在光的篩動下，色澤有時變動，有時換位。

路彎轉而變無。屋雖近而窗子仍然是沉黑而深不可測。村屋竟似一個世紀前便被凝定在那裡。不動。無聲。沒有主人。我們該進入那豐富的沉靜裡，而把它驚醒嗎？這是一個問題。我們這幾個由另一個世界來的外鄉人，雖然似乎已擁有了景色，景色也似乎擁有了我們，但驚醒了的村子，會擁抱我們嗎？如是想著，我們彷彿聽見意識的內層裡一個聲音響起：行程是一個約定。

我們只好再深深的凝視一刻，便轉到另一條路上去。

◈

簌簌柳樹的垂條流露了一條河。

◈

蓬勃的蘆葦夾著河道。一些不知名的花樹，高高矮矮的在水邊，照看著它們自己爭艷的彩色。有了風，水波的鱗動開始熱鬧。陽光打在鱗波上，河好像變成了一筆一筆不同油彩的畫板，藍裡透白，白裡透藍，藍裡透靑，靑裡透黃，黃裡透紅，一筆一筆並排著，但又似一筆溶合在另一筆裡，一筆和一筆爭現，但又似一筆扶持著一筆。隨著鱗波的延伸，隨著陽光的斜度一筆淡入一筆，而最後浸入水光一片的遠方。

在那迷濛霧樣靑灰的樹影、天色和水色裡，在水光上模糊地浮泛著的，是樹的倒影？是幾線小舟？是一個城市的搖曳？啊，在那水邊彎身的，可是幾個濯足的女子？

◈

兩根篙子直立在水裡，靠著一條停泊在簡陋渡頭旁的運貨駁船。較遠處隆隆作響，大概是在抽水。一排疏木後面有一個不斷向水裡俯身的長直的黑影。沿河的小路上，幾部三輪小貨車運著沙移到渡頭來，涇而帶泥糊的沙。河的盡頭轉彎的地方，有兩條平底的船，一條只看見一半，另一條則輪廓清澈，中間堆成山形的顯然是河的沙泥，船尾由一個赤膊的帶著帽子的人撐動著，要把沙泥運到另一個地方去。約莫是下午三四時左右吧。附近的柳樹下懶洋洋的睡著一條黃色的狗，和一個打著鼾的工人，吹動著垂在他臉旁的柳條。遠處長直的黑影繼續俯身向水中挖取，而抽水機繼續它的隆隆。再回過頭來，剛才看見的兩條船都已經不見蹤影，而對頭開來的卻是敏捷如飛的一條空無一物的平底船，乘著風，破著陽光，好不輕快無礙！

◈

實在也不能說是偉構的一條七孔石橋：平凡、簡單、粗糙、沒有橋欄、沒有任何裝飾的雕刻。事實上，原來的石塊有些已經裂痕累累，有些已經破損。但憑藉著時間的色筆，一種古意盎然呈現，而把我們的目光凝注。也許不完全是時間的漬痕所致，而是游離的光影所造成的幻覺，包括那幾叢橋孔下特別鮮綠旺盛的無名水草，包括那不知爲什麼滯留在橋下的一艘色澤剝落的小舟——彷彿橫在那裡好幾個世紀似的，不管怎樣，你如果站在靠近橋旁的河灣，像我一樣從這個方向看出去，你將看見一匹黑馬拖著一紅車袋的貨，緩慢的走向市中心去；你將看見，左面一所紅屋頂的磨房，右面一所粉白屋頂的磨房，淙淙的水由兩面流入小河裡。對，還有風車，雖是停定了的風車，你會不會像我一樣出神而思接中世紀？至於那浮動在間紅間赭市屋的屋頂上、迷濛向天那個形狀不甚清澈的塔樓，那必然是這個無名小鎮裏的聖母院。假如你如我現在一樣，從銅色紅色基調的古橋鎮擡頭向上看，你將看見那永久保持著年輕的、泛著白花、白鳥、白浪的藍天。

◈

在那遮了半邊天、遮了半個城市的一棵大槲樹濃黑的樹影下，那個把藍絲帶白紗帽放在點彩舞蝶似的野花上，穿著柳條夏裝，背著我們，只見側面，髻高而挺身坐著，沉思入平鏡河面的女子，可是畫家蒙內的夫人康米兒・唐茜？自橫的一條青色小舟旁邊，如此透明地反映著一所華厦，幾個對岸穿著紅衣的倩影、一些散落有致的屋宇，和灰青微突的小山的水面，可是一八六八年班內谷鎮的塞納河？

◈

聽！樹林那邊好熱鬧的音樂！沿著這無名的小河，從上游飄來。岸邊的小徑離開了河，而伸入濃密的河邊樹林。明亮的泥路突然地轉暗，兩邊的高枝濃葉交織得如此厚密，陽光幾乎漏不進來。我們穿行著，黑色白色暗枝亮枝前後交替地向我們的兩旁退後移動。原是被裏著的靜止，因而有了律動。小徑越進越深，遠處隱約可見的光源，一種暗暗的綠光，繼續不斷的退後。先前的音樂，彷彿聽見彷彿失去，好像被那濃密的樹林摒在外面。一隻麋鹿，悠然不驚地，從右面的林木走出來，在小徑上向我們注看了一下，繼續走入左面的林木裏。

◈

出了樹林，先前的音樂又活躍起來。也許是因爲剛剛一段長長的蔭道的關係，現在河面上陽光的折射，又是一筆一筆的油彩在跳動，依著急促活潑的音樂，依著停泊在河灣的小舟上下的搖盪，依著另一面河灣裏游泳者人頭的浮沉……。我們踏上架在水面上的木板走道，尋找歌聲的來源：

穿著木屐穿過洛蘭
穿過洛蘭穿著木屐
我遇到三個英俊的船長
穿著木屐，啊啊，我穿著木屐
我遇到三個英俊的船長

穿著木屐，啊啊，我穿著木屐
他們說我眞難看
穿著木屐，啊啊，我穿著木屐……。

在船屋的後面，幾株大樹的蔭下，一個掛滿了鮮紅天竹葵吊花的木板舞臺上。男子穿著熨得平滑的西裝，白手絹，灰絨帽，亮光閃閃的皮鞋；女子長裙曳地，彩色繽紛，鬢香粉黛，穿梭在吊花與啤酒與咖啡座間。男伴女伴顯然曾熱烈地跳舞，他們仍然互擁互摟著，但現在卻凝注不動。另一些盛裝的男女，手持白熠帶紅的陽傘，正由梯級的另一面踏上來，也在那裏凝注。在咖啡座鬧著酒和狂笑的客人，手握著杯，或半呷之際，也都停定下來，目光一致的向著樂隊的一個花壇上。兩個蘋果臉、大眼睛、黑亮長髮的女娃娃。她們活潑潑的唱著：

穿著木屐穿過洛蘭
穿過洛蘭穿著木屐
我遇到三個英俊的船長
…………
他們說我眞難看……

舞者、飲者和新來的客人都爆出笑聲來，如花的叢聚，如燈光的叢聚，如美麗的樂音的叢聚，歡樂是一叢爭相盛開的天竹葵花。

◈

同樣是七孔的石橋，同樣是運貨的小馬車，同樣有河；甚至，如果我們去找，也許還有磨房，和每一個城不可或缺的聖母院。但這個城就是和那個城不一樣。在還甚明亮的下午陽光下，這個城的主調就是一片炭黑，是建材？是時間色筆的結果？我們都不知道，也無意去尋出緣由來。倒是想，如果我是一個印象派畫家，我必然會放棄油彩而用粉蠟筆。你有沒有看見炭色的林立裏，這麼多多彩色的行人，如粉彩的蝶影，自沉黑的岩穴裏湧飛出來？

◈

兩排白楊樹夾道。斜陽，在我們高速的飛馳裏，在樹的梳齒間，如電影機急促的閃動。目眩。疲憊。欲睡。兩個梳齒的外面，是夢的原野，也在飛馳著，向我們永遠追不回的後面。

◈

在我們眼前展開的，不是蒙特里安的幾何圖形的色塊，也不是羅斯果把一刻放大到無限的黃與紅，讓你在那裏面作夢與失去時間意識的遨遊。

我們站著的，是離開巴黎約兩個多小時車程的鄉野，白楊樹排立的路旁。是現在。是現實。

在斜陽的照耀下，麥田一幅又一幅，就像染了色的布，金色、黃色、褐色、青色、粉藍色，一匹一匹的，一直曬到極目不盡的天邊。有時依著小丘微圓的山勢，翻入迷濛的遠方去。原是肥壯的藍天，在斜陽的影響下，在麥田色布的影響下，瘦弱多了。事實上，那天空已經成了麥田的陪襯。因爲，把我們的胸懷舒展開來，向四面漫開的，正是這些翻過山丘而伸入無限的麥田的布匹。

◈

無雲的天邊，太陽逐漸把圓溶化爲一片紅黃色的液體。原野上的蔓草，所有層次的綠，都完全被溶化。像微微波動的火焰，帶綠帶紅，帶黃帶紫的，在天邊搖顫。那個原是金黃色的麥稈堆，和散放在地面待整理新割的麥稈，以及附近野花叢中灰白色的倉庫，現在都被完全溶成一種深赭色，屋宇、花草、麥稈堆的輪廓只是依稀可見。溶溶的夕陽變色的速度眞快，才一分鐘，紅黃很快變爲深紅、紫紅、赭紅、深紫、墨藍、墨紫、赭墨。啊，才一分鐘，那彷彿在神話中遊離的麥稈堆，便完全被快速來臨的黑暗所吞沒。

塞納河的兩岸：美與傳說的湧溢

河的生長

……或者由一條無聲地流動的細水開始，依著它的宛曲而上溯，到滿覆草苔的石穴，看水由石縫裏滲出。滲著，水滴滴滴在無人的深山裏。

水滲，水滴，緩慢而聲微，在若有若無之間。

水滴，水流，向低行的谷地。

然後，依著漸見的流跡，漸寬的水路，漸急的流動，漸嘈的水聲，淙淙迴響入數十里，而見田疇，見牛羊，見獨立在晨霧的一所木屋。晨光而見農戶，三三兩兩散落在狹谷裏……一十二十而成村落，有鷄鳴狗吠。

另一些水，由另一些石穴谷豁流過來，匯合了小河。河，便開始奔騰，水路更寬，水勢更急，澎澎焉而見小船、大船、碼頭，和堆滿待運貨物的河鎮，和陽光中閃爍不定的塔樓。

河更寬更急。有橋而帶動人羣的聚擁，帶動頻繁的來往。及至平靜而見郵船、風帆、快艇，和兩岸的車輛穿梭在矗立的建築之間：宏麗的皇宮，雄奇的博物館，令人仰首驚歎的教堂的尖塔。

荒野。農戶。河鎭。大城。橋樑。海港。河，終結於無涯無盡的大海。

一條河，像畫人那樣，一筆一筆地描繪著文化、描畫著歷史；又像蘆笛那樣，吹奏著種種令人追懷的傳說。那麼，就讓我們選擇一條河吧，依著它的宛曲，依著它兩岸的展張，看一個城的生長，看一個城的死滅。

塞納河的左岸和右岸

我完全同意你朋友的建議：看巴黎的第一步應該沿著塞納河的堤岸散步，來品味兩岸的勝景。這的確是最佳的選擇。事實上，如果我們從天空俯視全法國，巴黎是屋宇、人口密度最高的一點，而塞納河堤岸，尤其是斯德島（Ile de la Cité）的四面，剛巧是巴黎蛛網街道交接的最中心，各色各樣的人，各色各樣的文化形跡活動都凝聚在那裏。

英國詩人塞孟慈在十九世紀末時便曾說過一句很有意思的話：對很多英國的遊客來說，巴黎只是香榭大道和道上那些名店；那是遊客的巴黎。眞正的巴黎是在左岸的拉丁區……。另一個代表巴黎精神的區域，就是畫家聚居的蒙馬特。這話到現在仍然一點也不假。

畫家的巴黎、文化的巴黎、藝術的巴黎、歷史層疊的巴黎，盈溢在塞納河的兩岸。你不要小看這些坐在岸邊描畫聖母院、描畫「新橋」、描畫羅浮宮、描畫鐵塔的無名畫家，他們都很可能有一天成爲蒙內，成爲馬蒂斯。還有那些在法國梧桐樹下散步、手指弄著鬍子在沉思、衣冠不整的青年，也許就有一個馬拉梅，或一個波特萊爾在他們當中誕生。

你問我剛才說的斯德島在那裏，就是前面這個被陸地包圍彷似一條船的這個島。你說不怎麼像個島。是的，現在看來確實不像，幾條橋把它和左岸右岸的陸地接連了以後，加上幾條大道，如聖・米雪大道，人車那麼多，小島和大陸已經溶成一片。但這個島，不但是全城蛛網街道的交匯點；巴黎這個名字，巴黎的整個文化，法國的整個歷史都得從這個小島說起。就拿這個島上的幾件建築物——聖母院、小聖堂、裁判所、門房監獄來說，都穿織著不少光華和血淚的故事。

說歷史是很枯燥的，我就只給你說一兩句，然後我們再走下去。這個斯德島，最初是由以捕魚爲生的巴黎斯部族所居住。在凱撒大帝由羅馬帶兵征服現在的法國時，可以說，只有這麼一個小島，是羅馬人把宮室、語言和酒的文化帶進來。法國當今酒國之譽，還是拜古羅馬之賜。酒與文化，在古典文學中是息息相關的：酒神也是文化、藝術、文學詩歌之神。巴黎的酒、巴黎的藝術、巴黎的詩，曾盛極一時，至今形象未衰，也都是根源於這一個變化。

我們今日所說的左岸、右岸——左岸代表文化區，右岸代表商業區，都是以斯德島爲界。河的左岸，誰都知道是拉丁區。拉丁區，由聖・米雪堤岸起到索邦大學，代表了法國主要思潮的發源地。當年的神學院索邦大學，遊學生數以千計，學術之風，清談之風，爭辯之風，學潮、革命運動，波湧雲起！牽動了整個歐洲的變化。後來這滿目皆是、坐在路邊咖啡座鎮日談文說藝、爭議哲學、美學、政治的風氣，都是當年的延續。有人說，法國的文學、藝術裏有一種人的情感交匯與衝擊，而美國的文學、藝術卻代表著一種孤獨與絕寂，其原因之一，便是美國文人、藝術家沒有清談的場所；他們都各自關閉在孤絕的世界裏追尋。此話相信有幾分眞實。又有人說，文化需要休閒來培養。這話也許有商榷的地方，但有時又想，同是小資產階級的城市人，為什麼要用法文的 Bourgeois（布爾喬亞）這個字來說明，而不用德文的 Burger 呢？這也許是和德國人刻苦勤儉，法國人鬆散休閒有關。沙特在拉丁區，一杯咖啡在手，吹吹談談，而催生出震撼全世界的存在主義，和與「休閒」背道而馳的「介入社會行動」的思想。「休閒」與「介入」竟然可以辯證相成。

我們還是先過橋來看聖母院吧。如果說，斯德島是巴黎之眼，那麼聖母院便是這雙眼的瞳孔了。聖母院的架勢，從這邊可以看得最清楚了：莊嚴、雄偉、神聖、幽默。你問我為什麼「幽默」？你擡頭看看這哥德式教堂四邊的螭物。這些螭物看來是怪怖人的，這一點也不錯，可是，你不覺得牠們的古怪姿勢令人發笑嗎？

但很多人的聯想一定和我不一樣，這恐怕與雨果有關。我記得有一個作家曾經這樣說：站在寒風颯颯的廣場上，令人想起的不是有關的聖人，或建築聖母院的主腦人物，而是雨果。是的，雨果，他浪漫的描述，鐘樓、駝客、應和著蝸物和陰森森的故事。一個作家，把別人的永恆搶過來，而被後世永遠銘記著，這也眞的了不起。對雨果來說，聖母院既是一種安慰的泉源，復是一種靈感的呼召，充滿著沉黑森森的甬道，充滿著神秘，彷彿刻刻都是猙獰的神秘，彷彿聖母雕像的頭上，不時是些笑的魔鬼裂齒向著高天。

但不要全信雨果的，尤其是他說的歷史，很多是靠不住的，譬如他說聖母院是查理曼大帝殿的基石，其實是他死後三百五十年，由亞歷山大第三教主開始的……。

歷史太枯燥，我來說些發生在聖母院的故事吧。過去，有不少國王在那裏受封或登基，包括拿破崙。拿破崙與約瑟芬的加冕，據說簡直如癡若狂又如畫：

……教皇先到，他進教堂的時候，聖樂響起，是如此的神聖而感人，聽者無不凝注……使得所有的眼睛如同膠住啊，當約瑟芬出現。臺上，拿破崙在熱切地等待著她一步步地走來，爲她戴冠。拿破崙的快樂簡直是一種溢滿的光華，看著她一步步地走來，他的眼睛一層一層的光華如漣漪散放出去。當她跪下來的時候，快樂的淚水禁不住滴在她合緊的手上。她抬起頭，與其說是向著上帝，無寧說是向著拿破崙；而拿破崙，她眞正的聖主，如此細心地、如此有格調地、如此充滿著愛的光華地，爲她戴上金光四瀉的寶冠，放下去又拿起來，輕輕地，彷彿怕傷了她……。

啊，還有許多類似的場面：瑪琍・德拉撒・夏洛結婚之日，滿地鮮花綠葉，廊柱上都是飄色的旗，教堂內燭光大亮，管風琴把空的圓頂漲滿了和諧的琴音。然後，從這一頭，一百個少女，身穿白袍、頭戴桔子花，冉冉出現；從另一頭，一百個少男，身穿白袍、手持桔子花，緩步向少女羣走過去，獻花、牽手、結合……。

對我來說，聖母院是一種特殊的感受，當我初次看到聖母院的時候，它是一片充滿著香味的黑暗；但漸漸的，當我習慣了裏面的森暗，它便緩緩地張開，像一朵壯麗的花朵，依著玻璃花窗透入來的微光，依著它灑過廊柱的光影，依著一支支音符似的燭光，像琴音那樣，從黑暗中躍起……。

你還年輕力壯，待會你應該從那狹小的塔樓的樓梯，爬上樓頂，在一排裂齒而笑的蝸物夾縫之間，看那無盡展張的壯闊的巴黎……。

你說你喜歡我說的故事？好，我就再說一個吧。你看到斯德島上松子型圓塔的建築嗎？這一間漂亮迷人的建築裏潛藏著一個令人淒迷的故事，潛藏著令人飲泣、有關美麗皇后瑪琍・安坦烈特傷情的故事。革命後，她被關在裏頭受折磨。我們彷彿仍然可以感著她由「失步堂」一步步走向刑場的苦楚。據說，有一天，門房向附近一個賣水果的婦人要一個最好吃的瓜，說要給一個很重要的人吃的。賣瓜婦看他衣衫襤褸，不屑答他。他便說，是給一個曾經很重要但現在已經無法再重要的人吃的。是誰？是皇后。那賣瓜婦一言不發把瓜全數倒出來，選了一個最好的，急忙說，拿去，拿去，快拿去……。

對了，你看到這條叫做「傷逝」的橋（Pont de Change，變遷橋）嗎？你可想起什麼人來了？這條橋，和「新橋」，如果你還記得，就是大仲馬常常提及的，三劍客一伙人常常從那裏大搖大擺地走過………。

我說，在塞納河畔散步是你最佳的選擇，因爲除了這兩邊的建築，連著兩岸的橋，是充滿著文化歷史的迴響之外，它們還跟不少作家畫家結了不解緣。譬如聖・米雪堤岸。馬蒂斯和其他的畫家便曾在這些樓宇上，日夕觀看聖母院、品味聖母院、描畫聖母院。譬如這沿河的書肆小攤，不知給了作家們多少的快樂。大家逛來逛去，搜獵珍本和便宜書。大仲馬便曾描述過塞納河畔的「書狂」：

書狂是這樣的動物：兩足，沒有什麼個性，通常在塞納河堤岸或一些大道上游行，在小攤上行而又止，止而復行。手指翻一翻書又放回去；他穿的大衣往往太長，而褲子則太短。鞋子的鞋跟總是磨到看不見；頭上戴一頂走了樣的帽子。他們之間最顯著的徵象是：他們從來不洗手。

談到書，你有沒有看到聖・米雪堤岸旁邊這間莎士比亞書店。這間書店以前不在這裏，但這書店卻與當今的大作家連在一起：海明威、喬義斯、史坦兒、龐德……等都曾在此駐足，都曾受到書店的持護。喬義斯的小說，在英國沒有人敢出版，卻是由莎士比亞書店的支持下問世。現在的莎士比亞書店雖然遷到這裏，主人厚待作家的精神猶在。只要你是個作家，你臨時找不到住宿，老闆會很樂意的在樓上的書屋裏招呼你過夜。

我們沿岸走下去，你會驚異有多少作家和這堤岸區結下不解緣。譬如布東堤岸附近，戈底葉和波特萊爾這兩個巨人都曾住過。波特萊爾的「惡之華」，有些甚至是在這裏形成的。「惡之華」誰都知道它對近世文學影響之鉅。他雖然像莫泊桑一樣，最後是死於神經失常，他到底是個大詩人。我隱約中記得幾句詩，約略說：一個響徹四方的港口，那裏我的靈魂可以喝飲色澤、味道、聲音的銀杯，在那裏船隻在一海的黃金上滑行，並伸出巨大的臂膀，擁抱處子的天空的榮耀，那裏無盡的熱昇騰……是這樣的詩句使得雨果說，波特萊爾的才華好比是竊天之光。

另外在多芬廣場附近，聖・伯浦在龔果兄弟常常在一家叫做麥克尼的餐廳舉行文藝聚餐，對上帝與宗教的問題進行熱烈的討論。照龔果的說法，這些嚴肅的思想是一頓最豐盛的晚餐和一羣最尖端的腦袋合作的結果。泰恩當時也在場，他大談天主教與基督教之別：一者趨於造型藝術，一者趨於音樂氣質……。

最輝煌的莫過伏爾泰了。有整段堤岸就以他的名字爲名字。伏氏外放廿八年後回到巴黎，名字之響亮，眞是無與倫比。卡萊爾的讚詞把伏氏歸來燦爛的一刻寫得最傳神：

> 曾經嘲笑過他的巴黎突然對他作出無限的敬佩，奉之爲大英雄。貴族們要裝成酒吧的侍者，始可以一瞻他的風采；全法國最美麗的女子都把頭髮舖在他的足前，他的馬車像一顆亮起黑暗的流星……

如果堤岸使我們對作家的往事追懷，那座，塞納河的每一條橋則彷彿夢迴著活躍的歷史場景。譬如那花了兩個朝代才完成的「新橋」吧——說是「新」橋，其實是巴黎最古老的橋，當時的「新」是現在的「舊」。橋停止在時間的飛逝中。「新橋」典麗而莊嚴地跨在塞納河上，雕石雕像一一可以令人追憶。那十二個橋拱的橋上，馬車曾經絡繹不絕，橋中央的亨利大帝騎著碩大無朋的馬，雄姿赳赳。看那雕像下石上刻滿的偉業雄跡，都是翡冷翠請來的工匠的傑作，白日裏，如此之多盛裝的男女在穿行，由左岸到右岸，由右岸到左岸……。

站在橋上，走下堤岸，你將看到充溢著古代藝術品而本身也是令人驚嘆的羅浮宮，和女子們打著多彩的陽傘拖著長裙曳行的杜勒利公園。在左前方，在陽光折射的霧烟裏，巍然矗立欲刺破天幕的，好一座代表著現代的巴黎鐵塔……。

讓我們選擇一條河

選擇一條河，依著堤岸穿行，或坐船飄向下游，我們彷彿重溯一個文化歷史層層的跡變。塞納河，流過了許多印象派畫家醉心的村落之後，而在盧安城的兩岸，又湧發起另一些文化的遺痕。我們可以再穿行，再追索……。

讓我們選擇另一條河

幾乎都是一樣，每一個歐洲的大城都是一樣，河的左岸，河的右岸的建築，可以供給我們日夕穿行、仰望、追思、懷抱、薰陶，以及激發我們作美的創造。巴黎的塞納河是如此。倫敦的泰唔士河是如此。威尼斯的大運河是如此。布達佩斯的多瑙河亦是如此……。幾乎都是一樣，每一個歐洲的大城幾乎都是一樣。

我們黃河的開封，伊水的洛陽，長江的金陵，想亦曾是如此，但今日的左岸和右岸呢？可有供我們日夕穿行、仰望、追思、懷抱、薰陶，以及激發我們作美的創造的宏麗的建築？我們那曾經千帆蔽空的淡水河的兩岸呢？我們那曾經羅曼蒂克過的愛河的兩岸呢？可有什麼供我們日夕穿行、仰望、追思、懷抱、薰陶和進而作美的創造的建築？

讓我們選擇一條河，作美的創造

讓我們選擇一條河，讓我們給它的左岸和右岸留下永恆宏麗的建築。

附錄：巴黎啊，你將走向何方？

初到巴黎，剛巧又住在塞納河畔左岸的拉丁區，馬蒂斯以前的畫室之旁，亞波里奈亞（Apollinaire）詩中的景物環目可見，聖母院就在窗的右方，鐘聲遊人每日耳聞目染，頓然層層歷史、層層文化、層層藝術歷在心頭，我怎樣去了解亞波里奈亞的詩句：「最後你厭倦這古舊的世界……這裏甚至汽車都凝著古老的氣息」呢？巴黎：五步一樓十步一閣都是宏麗的令人駐足驚嘆的哥德式的教堂，文藝復興時代風格的建築物，甚至埃及、羅馬的紀念碑，沿河夾岸是 Monet 和 Pissaro 的樹和品嘗不厭的舊書肆，不只大道如 Champs Elyseés, Place Vendome, Boulevard St. Michel，就是橫街小巷每隔十來間店舖就有書店一所，或是畫廊一所，獨特、精緻、別出心裁，而其間你隨時看見形形式式包羅世界名菜的飯店，常常都坐滿肯花時間盡情享受的食客，不管是羅浮宮花園的樹下，或是路旁的咖啡廳，總是擠坐著文人、畫家、學生……清談生活、歷史、文化、政治；沙特和米修（Henri Micheaux）常是座上客，或品評絡繹不絕、步姿典雅、處處表現有風格有教養的巴黎女子。我怎能相信那曾經培養過畢加索、雅各和亞波里奈亞的蒙馬特，或是詩人龐德交往過法國詩友的 Montparnasse。在潦倒中提攜過喬義斯的「莎士比亞書店」都已經完全是記憶了。我怎肯相信「固一世之雄也，如今安在哉！」這句對曹孟德而發的話，竟用在這個文學藝術的理想國！可是，往者確是往矣！巴黎啊，你將走向何方？

巴黎地下火車（Metro）的一日

METRO的入口：
下臺階
迎著流動的黑色

行車方向：
Porte de Clignancourt 向左
Porte d' Orlèans 向右

就轉左　向
Clignancourt
下臺階

迎著流動的黑色
煤屑掃蕩前進
微火一點
復暗去
向 Strasbourg

換站口：
Pont de Sévres 向右
Montrevil 向左
Ballard 向右
Nation 向左
或者

SORTIE（出口）

轉右
上臺階
迎著流動的黑色
轉右
下臺階
迎著流動的黑色

路旁咖啡廳坐它個半日閒
Cité 島上釣它個半日空
半日
臥在塞納河畔的
是

地面上
背負重重歷史的
遊魂

轉右
上臺階
迎著流動的黑色裏
一箱接一箱的
浮蕩的人類
一箱又一箱
浮……蕩……
一箱
又
一箱
人類
出去？
向 Étoile？
向 Trocadero？

就轉左
下臺階
滿襟流動的黑色

亞拉伯式
希臘式
中國式
越南式
日本式
餐廳、食堂
把全城點亮
瘡疤
在入夜以後
無從看見

黑色，漂亮美好的黑色！

轉右
上臺階

聖母院的 gargouilles（螭物）
守護著
一點點的驕傲
給那無知的
異鄉人
尤其是
那些粗魯濶綽的美國佬
一支獨秀的
引入高天的方尖的石碑（obélisques）

提醒
巴黎人啊
你們過往的

不舍晝夜
一瀉千里的
雄性的日子

轉左
下臺階
迎著流動的黑色

行車方向
ENFER à Gauche（地獄向左）
CIEL à Droit（天堂向右）

就
轉左
下臺階
一步應著一步

迎著流動深沉的黑色

不要回轉你的頭啊
奧非爾斯（Orpheus）
優麗狄斯（Eurydice）已緊隨著你
去中世紀的
山城夏德（Chartres）
入
那深沉如洪鐘的
長長的隧道

奧非爾斯唱著：
黑色，漂亮美好的黑色！

象徵著 Delaunay 及 Picabia 藝術中的經驗的全面性及併發性的奧非爾斯，在高克多（Jean Cocteau）等人的戲劇中反覆以骨肉相錯的悲痛出現的奧非爾斯，是全歐的詩人藝術家的一種精神象徵。善於豎琴的奧菲爾斯，在奧維德（Ovid）的筆下（見其「蛻變」一書）有如下一段永恒的故事：

這個日神阿波羅的兒子，他的音樂可使萬物著魔，可以使無生界起舞，可以使生物界入眠。他和優麗狄斯結婚，婚後正在沉入一種甜蜜的律動的時候，妻子被一條惡毒的蛇咬傷中毒身死，奧菲爾斯傷痛之餘，決定下臨地府，以其強烈動人的音樂，要把優麗狄斯起死回生，使她重返人間，他的哀傷的音樂果然使地府的神祇感動，允許他帶優麗狄斯回去，但有一個條件，就是讓優麗狄斯跟隨他的腳後，而在奧菲爾斯重見光明之前，不許回頭看他的妻子是否跟隨著他，奧菲爾斯快到地獄出口之前，終於忍不住內心澎湃的欲望，他轉過頭，驚鴻一瞥，美麗的優麗狄斯隨即消失……

其後，這雙重的死亡使奧菲爾斯駭然如石化，傷痛和骨肉相錯……他的豎琴的音樂創造了眾樹……他的肉身分化，解體變爲自然的事物，任其發聲……。

全歐洲藝術創造之神奧菲爾斯啊，你將走向何方？

巴黎啊，你的聖母院有承霤口上的螭物守護著，可以把四方的邪惡的污濁的遊客鎮住，就唱吧：

黑色，漂亮美好的黑色！

讓城市在建設中醞釀文化的腐爛！波特策爾已把屍體發放出來的詭奇多變的詩寫盡了，馬拉梅把「窗」帘拉上後，誰還要去看那冰鎖在湖上高傲的天鵝作飛不起的翱翔？誰還能把自己照放在空無的天藍而自覺？六八年學生用馬路的石塊來革命，現在已被新的瀝青填平。

城市在繁花的建設中醞釀文化的腐爛！
知識份子在抽象的結構中表演哲學意味多變的時裝！
讓我們走吧，走出悶雨關閉的巴黎，向綠樹深映的陽光！

風定堡（Fontainebleau）

最後的一輛喧囂的遊覽車走了
陽光
和
風的
追逐
在

高及於天的葉子以外

蒸騰的馬達

在

聽不見的

快速公路上

意外和死亡。

似乎

從未曾是歷史

或許

遙遠培植了時間的

長青樹

濃密的葉子

小心翼翼地

孵孕著

絕靜

只有
隱約的樹林邊
一棵中國松的一塊化石上
一個法國的男孩子
向山谷下
呼著芳登步露
那個女孩子的名字

一隻翠鳥
從參天的樹幹飛下
停駐在一方深綠的
畫布上
唱一首
永不斷續的
無聲的歌

稀疏的折射的寂寂的陽光下
一個裸男
一個裸女的呼吸
把林木
在一刻之間
生動起來
氣韻起來

才個把鐘頭的車距就可以由 Léger 的現代城市回到 MANET 的 Le Déjeuner sur L' Herbe（野宴）而驚覺光影樹色的準確，偶一回首，一層塞尙（Cézanne）的結實疊著一層 Monet 的煙色疊著一層 Renoir 的豐滿的光潔的金黃，而這時布萊克（Braque）的鳥就如我的同學陳錦芳畫家所說的，用一種聽覺以外的婉唱而進入一塊畫布裏。

山城夏德（Chartres）

「冰咖啡？

那怎麼可能！
冰塊會一一溶去！」

山城：
天眞未鑿的
女侍
略帶鄉音的法語
試著
向外城的訪客
輕輕的質問。

夏德的
彎狹的瘦長的街道
編織著
中世紀
蛛網的

花邊的
貞操帶。

巴黎人啊
請你們把龐大而過於濃郁的獻物
傾瀉在
濁漉濁漉的塞納河吧
她的初紅
正燦爛著
聖母院四壁上
玫瑰園的花玻璃
她的虛榮
滿窗滿巷的天竺葵
爬過石牆
一路攀入
廣寒的尖塔

長年苔綠的石雕
那排不可逼視的
眼神
　　　放射著
她微溫的夢
高深的穹頂下
萬年陰暗的寒色裏
兩個白衣的童子
持著燭光
踏著管風琴緩慢的
顫動
夜
散入
沒有齒輪的轉動的
沒有鋼鐵的搥擊的
睡眠裏

簌簌的法國梧桐裏
裹護著一支
常新的、小小的蘆笛

（八月一日在巴黎）

卡斯提爾的西班牙

夜半邊城換軌

金屬的敲擊把我們從夢中吵醒，于夜裏，我們還在迷濛中追憶著離開巴黎以後一路上的濃綠的夏樹、沃土、泥香，偶然在河邊矗起的中世紀的城堡錯落地編織著我們夢的片斷，那些在我們身邊閃過的不知名的小鎮和淳樸的村民的揮手，像在陽光中翻飛的銀片，浪潮似的灌注著我們的睡眠。

金屬的敲擊把夢的波濤切斷，火車的輪轉不知何時已經停住了。我們從臥舖探首出去。黑色的微風吹向深不可測的天空裏，火車在法國和西班牙邊界的小鎮停了下來，噹、噹、噹，響徹了無涯的夜，彷彿有人要乘大家熟睡的時候，把火車拆掉、或者搗亂，甚至刼車，如此想著的時候，我們看見長蛇盡處的微光裏，有幾個蠢動的黑影。

那時車廂裏的同伴，一個從巴黎做了一段苦工回鄉渡假的西班牙人，用法語和我說，由法國到西班牙必須要在這個地方換軌，兩個國家的鐵軌大小不同，必須要在這裏花上兩個小時把輪子調整，才可以進入西班牙的火車系統。這對我們來說是很新鮮的事，我們第一次聽到。這兩個國家的文化一定都很頑固，竟然連鐵軌都要堅持不同！

妻和孩子被金屬的敲擊吵醒以後，聽到換軌的事都有幾分好奇。但萬籟俱寂，無涯的黑暗裏，除了單調的金屬的敲擊聲，便再沒有什麼好看的。五歲的灼，在臥舖的梯子上爬上爬下爬了一會，覺得乏味，便也去睡了。我睡不著，到廊上倚站著發呆，那同車的西班牙朋友竟用法語和我滔滔的談起來。在巴黎，因爲我的法文發音不純粹，而且語彙也忘記了許多，巴黎人根本不屑和我談話；巴黎人是很驕傲的，除非你發音用語標準，就是連店員也不理睬你，他們很多人是通曉英語的，但絕不會和你用英語談話，這是民族自尊的一種驕傲，正如他們字典裏每年究竟要容許多少外國字，還得待國會辯論才決定，這和日本接受外語的情形恰恰相反，從保護及持續文化的立場來說，這自然是很值得人稱許的事，但在一般國際交通的關係來說，有時不免是一種阻礙。奇怪的是，我那不成樣子的法文，竟被那西班牙朋友接受！顯見，這與語言毫無關係，而是民族個性的不同。我的法文起碼還可以上街買東西用，但在巴黎，我像啞吧，受了許多擋駕。後來我到了西班牙，我一共只會說十幾個西班牙字，但竟然可以暢行無阻，你還沒有把話問完，西班牙人便搶先替你填上幾個答案，希望其中有一個正是你所需要的。遇到不清楚的時候，他甚至會陪你走一兩條街，一路和你熱烈的交談，不管你懂不懂！在巴黎，除非你已完全通曉他們的語言文化，不然，你便是道道地地的異鄉人、外地人、外國人。我對法國文學藝術的認識，遠勝於西班牙，但在巴黎，我竟像是外國人，這實在是很大的諷刺。

那西班牙朋友說，他和無數其他的西班牙人一樣，用低廉的勞力，在法國餐館裏、工廠裏工作，賺取生存的條件。而富有的巴黎人，卻在建設中醞釀文化的腐爛！在頹廢的生活裏追求詭變新奇的衣裝！貧窮的西班牙人，結實地、開朗地、熱情地、浪漫地去接受具體的人生、戰爭和種種天變和災難。

空靈的褐原

無涯的黑暗逐漸的露出了邊緣，從遠方緩緩奔來的曙曉把夜色沖淡，微風裏，低低的山巒，若隱若現的柔柔起伏的灰色的線條，一下子，撥開了紗被而甦醒起來，讓初陽投射它們秀麗頎長的影子，在那空無一片的乾瘠的平原上。多麼不同的景色！才一夜，才進入了新的鐵軌，所有法國境內的層疊變化的綠樹，光影輝碧的河流，繁花盛發的沃土如隔世的消失了。代替了層次分明的風景，是山色有無的赭褐的乾土和砂石，延綿不絕的作無涯的展開，在廣漠的盡處，或許是一縷孤煙的升起，才使我們注意到幾所農舍，土褐的屋瓦似乎是赭色的山的一部分，而無從辨別，如果不是那疏落的在四面八方巍然獨樹的教堂的尖塔，我們也許不敢肯定遠方的城鎮的聚散。這確是一種很奇異的空靈，尤其在午後，透明直射的陽光把影子都消滅以後，整個漠原像微微顫動的褐色的浮槎，尖塔的桅拂動著琉璃的天藍：

所有的門
　都關上
所有的車
　都歇下
午後
微微蠕動的
是
落落的羊羣

晶光
橫
野
黃草
接

天

萬頃
顫抖的
茫然裏
幾條赭色的線
刻出
一二
粗糙剝落的農莊

若有
若無的
教堂的尖塔
澓
虛

御
　風
而不知
那深沉的時間
何所止

唯一的松林外
那火車斷斷續續的
輪轉
彷彿是
亞拉伯
彎刀霍霍的馬隊
向那中世紀的
古城 Avila

這確是一種奇異的空靈，一種時間、歷史、生命的激盪，這裏沒有赤壁下的淸風明月，我竟發覺自己廻響著蘇子的話。蹄聲遍野，彎刀霍霍的回教武士穆爾人（Moors），重振聖光的奧放朔（Alfonso VI of Leon and Castile）聖旗蔽空的雄風，和傳頌整個歐洲的史詩 Poema de Mio Cid 裏的英雄事蹟，都已逝逸無痕了。這時再也找不到沉緬在騎士精神的吉軻德先生，與大風車擊鬪來重現中世紀武士精神的世界。橫在我們面前的是一片無盡的乾褐的大原，空寂得令人微顫。但卡斯提爾地方（Castile）的現代詩人，譬如浩海．歸岸氏（Jorge Guillen）卻能在曾經被戰爭撕裂得支離破碎的領土上，追尋出一個引向無盡永恒的精神中心，這，是萬頃茫然的山色所引發出來對永恒的思索嗎？是中世紀的基督教義和這空靈的褐原所結合的一種精神狀態嗎？還是，像我，像蘇子一樣的想著這下面的幾句話？「自其變者而觀之，則天地曾不能以一瞬；自其不變者而觀之，則物與我皆無盡也。」也許三者皆有之。對著那山色有無中的萬頃的褐原，我的詩思竟完全是古典的中國，和在法國所醞釀的精緻的文化下的冥思，是如此的不同！

文化層疊的城市

「要了解西班牙本土文化的眞貌」，詩人歸岸氏的兒子克羅德奧．歸岸(Claudio Guillen)，論浪人小說 Lazarillo de Torme s的專家對我們說，「在馬德里附近，便是新舊 Castile 兩個區域，馬德里以北，亞維拉（Avila）、舍閣維雅（Segovia）、薩拉孟卡（Salamanca），就是一展無垠的褐原上的城堡城市，曾是羅馬人，回敎外族入侵的一個輝煌文化的古國，是舊 Castile。

馬德里和吉軻德先生活動範圍的托雷道（Toledo）、畫家葛瑞軻（El Greco）的城市，合稱新的 Castile。我開車帶你們穿過褐原，經亞維拉到薩拉孟卡，那裏我將帶你去看 Lararillo de Tormes 的作者的故居……」歸岸氏是典型的西班牙人，況且他又是集歐洲文學於一身，熟稔歐洲各種語言文化的比較文學專家，說話音洪而文句漂亮，好句如珠的快速，歸岸夫人原籍德國，但亦是西、法、德、英語皆通，也不甘後人，滔滔不絕的熱烈加以介紹。說到友人歸岸氏語言的精妙，不妨說一段輕鬆的故事，在巴黎時，有一次帶我們去山城夏德（Chartres）去看大教堂，因爲路不熟，轉錯了彎，法警過來要抄牌，他用做帶西班牙音的法語（他的法語是標準的，因爲他生在法國）說，從西班牙來，認錯了路，法警便放了他，後來在西班牙的托雷道，他又走入了單行道，他便用帶法國音的西班牙語同出一轍而過了關，歸岸氏的德、英、意語都可以隨時交替的用，據他說，在他家中的大團聚時，因爲國籍多，常常是歐洲語全用，眞是渾身解數，令人佩服得五體投地。

能得這個層層歐洲文化溶匯在一身的學者做嚮導，眞是最幸運不過了。

車從馬德里北行到山巓，在晶亮的太陽下，一展草黃的山坡，引向遙遠藍天的邊緣，微顫的熱風，輕輕的震拍著我們頓然伸張的萬里的胸膛，「這便是舊卡斯提爾區的開始。」我們往坡走下去的時候，竟有一排起伏延綿的靑松，如此的清翠爽人，好像正午的陽光一下子被溜子溜過，再不炙人。我們決定找一棵松樹坐下，可以在濃蔭裏享受歸岸夫人用西班牙特製的香腸做的午餐；歸岸氏本來便一路沒有讓我們寂寞，現在便更加熱烈的談論西班牙的文化，說西班牙的南方的歷史層面更豐富繁複，叫我們以後一定要冉來，話題不知怎的轉到鬥牛上來了，女兒蓁和兒子灼聽得津津有味，歸岸氏童心大發，更是手比足劃，揮衣如布，說時遲那時快，一聲牛叫，從松林裏冒出幾頭公牛來了。孩子們一聲驚叫，歸岸氏輕鬆的說，這雖然是鬥牛用的牛，有我在，不怕。我們卻想著，如果他那件外衣是紅色的，現在恐怕還不好脫身呢。

路上還有不少疏落的青松，濃綠而葉密似菌傘，一團團的蜷伏在金光遍照的地毯上，像是偷閑入睡的小貓。而此時途經的大小城鎮，也像蜷伏的小貓一樣，全都入睡了。西班牙人是很懂得偷閑休憩的，所以一到下午，無論大城小鎮，大公司小商店全部關門睡午覺，Siesta 是也，不到四點不開門。外來人必需要學會調整他們的生活步調，像美國人的分秒必爭而死於緊張，可以到西班牙去學習學習，但開頭是很不習慣的，譬如晚餐吧，飯店不到九點十點不開市，帶著小孩的旅客就不知那裏可以充飢。西班牙人從六時左右便如蜻蜓點水那樣一間一間酒肆去沾嘗，每間酒肆裏頭的小菜（Tapa）琳瑯滿目美不勝收，如酥炸魷魚，醃肉草菇等，酒比水便宜，小菜也不貴，實在是一個很會享受的民族。弄到九時十時，才正式吃晚飯，另叫乳猪什麼的，難怪西班牙人是鬥牛的壯士！聞名世界的 Flamenco 舞，還要等到半夜才開始。正如里爾克所描述的，西班牙舞女的每一舞姿，渾然有力，彷似夜裏擦一根洋火！但令我最感動的，是她一面背誦著迦西亞．洛爾卡「血婚」的詩句，一面涕淚眞情的演出，我從來沒有看過能如此把別人的詩句化作自己身世一般的演出。

穿過了無數蜷伏入眠的小城，在下午陽光斜照的一片黃草的盡頭，赫然盤踞著一座城堡，從中世紀的長景中站起來，那圓塔連著圓塔的高高的城牆，四四方方的，圍在裏面也是褐赭色的中世紀的建築，彷彿時間未曾流動過，它浮在褐原上，等待一個從錯誤了的世紀而來的東方人來拜望。

「這，便是古城亞維拉了，」歸岸氏便開始敘述這裏聞名的是十一、二世紀的羅馬式建築，以 San Vicente 和 San Pedro 教堂爲代表，然後又敘述回教武士穆爾人來攻……我雖然一面聽著，一面也跟著他的手指去看，但我卻想著這個城從中世紀的序幕湧出來的個性，對我來說，建築的細節固然是最好的文化的表徵，但除非你對藝術史建築史素有研究，平常人像我那樣，驚訝的，不是那些細節，而是它整個氣氛氣質。首先，城裏城外一片無盡的平靜，廣漠上巍然而盤坐，一切如此寂止，好像風都停住了，時間凝固著，城牆外竟無一人，彷彿從時間之流裏抽離了，置於一個不會變化的平面上，古樸、實在。卽就我們走入了它的內裏，雖也有人賣桔子水什麼的，自然也有現代物品，觀光土產等，但街道狹小親切而未經三合土的改變，全城靜得幾乎可以入眠。如果此時你從塔樓望出去，一片空無，望盡天涯路，幾聲馬蹄，你會覺得東方的血液裏也會有中世紀的跳動。這，對我來說，才是眞正的亞維拉的個性。

薩拉孟卡、舍閣維雅和我們後來去的托雷道的座勢都各具其個性，不像在美國，穿遍千城皆一色。到過薩城的人自然會注意到由迦太基名將漢尼拔（公元前二世紀）佔領該城以來羅馬人、哥德人、穆爾人及基督神學所留下的宏麗的教堂、廊柱；到過舍城的人，對羅馬人在公元前二世紀用巨石砌成（不用膠泥而千年不倒的）高矗的輸水道（Aquaduct）；到過托城的人，在千廻百轉的狹窄的街道旋升廻降於亞拉伯人、哥德人，基督文化互相輝映互相層疊的建築之間，實在是走在一個活生生的博物院裏。這些，固然都是不可忽略的文化的精華，但對我來說，它們從天邊現出的雄姿還是最美的。譬如薩城吧，那臨河（Tormes 河也）的矗雲的教堂，兩翼沿岸一展，彷彿張開的臂彎，等待來者的參拜；河水平靜如鏡，閃爍著教堂光影的變遷，河上古羅馬留下的一條橋，又如聖母溫柔的手，輕輕把河水挽住。薩城宜近看，水光相映，愈見莊嚴。舍城卻宜遠觀，遠遠的高山上，帶著藍色尖塔的層層轉折圍牆的城堡，是標準的童話裏的造型，我們慢慢走上山去，好比追趕著一個白馬王子正在飛奔回朝的馬，我想，孩子們最容易作如此的想像。托雷城又是另一番氣象，托城是建在一個山上，我們接觸它的第一個回合是在另一個山的高處，中間由繞城三面的 Targus 河分開，我們可以從很近的角度俯視全城的盤據，但會覺得它有一種強烈的抗拒的意味，不如薩城近看的親切，這當然是因爲當中隔了一座軍事要塞的河谷的關係。由是，令人想起葛雷軻的名畫的托雷道城，天空上風雲際會，如臨死亡的感覺，雖然通常都以其宗教情操去解釋，在我想來，必也和這個城特有虎踞龍盤的抗拒意味有關。

沿 Tormes 河之行

激激的水聲
沖著漸起的暮色
長長的天空的影子
終於把
礙眼的幾部轎車
溶入風景裏
在上游
一條小舟
從渚後突出
兩個女子的背影
剛好印在昏黃裏
這時
蓁和灼正爲初次發現的
身長的蘆葦而

忙於剪收
忙於跳舞
河的那一邊
在亂石亂瓦的磨房
浸入最後的斜陽裏
Lazarillo de Tormes 的作者是誰？
論浪人小說的歸岸氏
我那西班牙的友人
仍在水聲的極靜中冥思著
我則等待
月
從天外浮起
等待
鳥
還
使風景

更
水墨
而
我們赤足試著水寒的妻子
突然呼叫起來
牛來了！牛來了！
驚醒了
那冥思中的
西班牙的男士
急促的執起外衣
彎身撐腰
準備以鬪牛的方式
護衛我們的婦孺

鄉土的西班牙

不管你到西班牙那一個城鎮，那裏總有一個 Plaza Mayor（城中一切交匯的大廣場），通常是四面都是走廊的建築，有商店、酒肆、戶外咖啡座，應有盡有。這是市民大家互相交通的中心。西班牙最著名的大廣場是在薩拉孟卡城，除了全歐出名的一些哥林多式的廊柱外，是它近乎傳奇色彩的活動。據說有一個俄國作家如此描述薩城入夜後的大廣場的景色：在薩城的大廣場，入夜後，你坐在露天的咖啡座裏，可以看到成羣盛裝的男子，順著時鐘的方向漫步；而反時鐘方向的，是大眼睛黛綠傘裙的女子，時時向順時鐘方向的男子們傳達情意……。事實上，大廣場的作用，一如我們鄉間的大榕樹下茶餘飯後乘涼、聊天、吹牛、小買賣、麻衣看相、說書、說史，和製造閒話的中心，是鄉土社會，親密社羣裏人與人保持著了解與關心的活動中心。在西班牙，就是在一條破落的小村裏，你也會發現褐土教堂旁邊的一個廣場，村民，像我們鄉間的大榕樹下一樣，在那裏聊天話家常，偶而沓沓的騾子的蹄響，從街角傳來，是鄉村的麵包師把剛烤好的麵包拉到廣場上來兜售，大家都笑吟吟的來買，大家都認得，大家都有相當的默契，沒有語言的阻隔。

事實上，在卡斯提爾褐原上的行程上，最使我感動的，或者說，最使我由於某種底層生活形式的認同而感到親切的，便是在去薩城路上所看到的兩個貧窮破落鄉村的形象。其一，便是上述的騾車的麵包商，另一，便是貧窮而堅忍不拔，緊緊握著生活的邊緣而不放棄生命的原質的裏一身黑衣的農婦，那種生而不怨死而無恨地擁抱著泥土的實質的偉大的個性，使我想起艾青筆下的中國農民，百年、千年地用斗笠頂著北方的風雪。

一百年兩百年三百年
裹一身黑衣的農婦
一直就坐在那裏
兩片傾斜的乾黃的石牆
把她
框在明亮的巷口
一條碎石路
一匹騾子拉著一車土製的麵包
一步一步踏向
裂眦的遠方
馬德里啊馬德里
比西班牙語中的
任何音節都響亮的
馬德里啊
她從未見過
好像是

在殘破村莊的廣場上
當鸛鳥
把透明的陽光
和薄薄的翅翼
一併收入十字架的巢裏
她才初次聽見
年老的莊稼漢熱烈地
誦讀著城裏的來書

……勁力渾然，質野的 Flamenco 舞
Olé Olé 的喝采
把全馬德里的街道激盪到深夜
……在 Plaza Mayor
薩拉孟卡成隊成隊的盛裝的男子
順時鐘方向徹夜的流動
薩拉孟卡成隊成隊的黛綠的女子

反時鐘方向徹夜的流動
……我們昂首撫肩
倚著彎曲的窄巷
沾著一家又一家的酒菜的香味
馬蹄沓沓的
向月落後
在曠野上
獨自
升起的
藍色的城樓……

一個裹著一身黑衣的農婦
被傾斜的乾黃的石牆
框著
在明亮的巷口

她坐在那裏
依著一匹騾子
曳著的碎石路
凝望
裂眦的
遠
方
一百年兩百年三百年……

（根據一九七二年的詩和筆記寫成）

自琉璃的海中躍起，那聖・米雪山堡……

半夜或者是凌晨，在法國西北部一個幾乎無人記得的寶陀生小鎮（Potoson）一家很快便被遺忘的小旅館狹窄的旋轉樓梯盡處一個向街的小房間裏醒來，一萬種聲音都已沉落，沉落像星星，入無涯的大洋裏。過路的大型巴士已在遙遠的夢中。我彷彿坐在寂靜龐大的圓心，在空無的意識裏有一些活動緩緩地升起——

山城夏德（Chartres）在邊緣上以她雄奇的教堂的尖塔，揮動著沉默的天空。多變的圓花窗。沉黑中會唱歌的一列列的白蠟燭。燭臺後面從時間黝黑的漬染裏顯示靈光的「母與子」……

狹小、忽上忽下、彎左彎右的石頭街道，泛溢著中世紀的氣味。咖啡，夾餅，酒，從殘破的招牌和赭色木條間著白牆的店裏流出來，被一個十七歲的中國少年，舞動著一條法國麵包去追蹤……

霧綠的山坡。霧黃的山坡。霧綠的山坡。霧黃的山坡。山形牆黑屋頂的石屋巢築在山谷。濃綠的樹木成林成雲，綿羊似的盤臥在一片陽光下。豬糞的味道。雞糞的味道。旁邊幾棵滿掛紅櫻桃的樹。無人採摘。寂然。無人。彷彿入睡，整個山谷，所有的山谷。整個村落，所有的村落。唯一醒著的動物是狂野亂衝刺的車輛。在路旁一所克爾特風（Celtic）古舊的鄉村餐廳旁，一個畫家完全沈入那霧綠霧黃的旋律裏……

「現在我們一大羣人在這裏……布丹（Boudin）、桑乾（Jongkind）等，我們一起注聽神奇……。」（蒙內的信。）諾曼第，印象派畫家之鄉……

霧綠的山坡。霧黃的山坡……

半夜或者凌晨，坐在寂靜龐大的圓心，在空無的意識裏，光華四射地騰然升起的，可是我們夢寐中壯麗得令人匍伏在地欲讚嘆而無聲的海市蜃樓？金黃的陽光從雲間傾瀉入一望無垠的大海而化爲千千萬萬蕩漾的琉璃。在午後迷離的霧光下，我們再也看不見圓周與界邊，天、海、雲、水互相滲染瀰散。就在這透亮而眩目的光團裏，啊，是巍峨的修道院的尖塔？是一個拔起的島嶼？是一個凜凜然矗立的城堡？像維納斯女神那樣，從橄欖的水藍中，披著夕陽，帶著琉璃的水聲，赫然躍起。它的光華是如此強烈，把其他在圓外層現的景色完全淹蓋，顫顫然，好比垂天的袍裾，要我們匍伏，要我們拜倒在光環之下……。

是昨日下午六時，我們從巴黎開了一天的車子，經過了山城夏德，穿過了蒙內、西西里、雷諾、巴錫爾、塞尙等印象派畫家浪遊的諾曼第，來到了西北海岸的小鎭寶陀生。趁著陽光還甚明亮，連行裝也來不及卸下，便一口氣把到海邊的最後九公里開完，爲的就是要看沈黑以前餘暉猶在的海上這一座聞名全歐的聖·米雪山（Mont st. -Michel）。「假如你只有時間選擇法國兩個地方去體驗、去品味法國的文化，除了巴黎的教堂和郊外的梵爾賽宮，便是諾曼第與布坦尼之間的聖·米雪山了。」「這是一個你沒有去會一生感到遺憾的地方，它突然在你眼前出現的雄姿，將令你嘆服，將令你激動。」我那個藝術品味、歷史趣味都很敏銳的朋友，一直如此引誘著我們。

聖·米雪山，可以說是修道院、教堂、靜思的曲折的廻廊，城牒城垛合而爲一盤踞在海崖上宏大的建築羣，一個自身具足的王國，建於第八世紀。據說有一夜大天使米雪突然顯現，並諭示當地的居民在島上建一所敎堂。從那時開始，一連串的教堂前仆後繼地被建在這島上，一個比一個重要。中世紀以來，朝聖者不斷的由八方而來，眞是燭火不斷。但中世紀以來，溺死於城下的侵略者亦數以萬計。因爲潮漲時，整個海便成了聖·米雪山堡的自然護城河，只有潮退極低時才和大陸相連起來。因爲具有自然衞護的優勝條件，聖·米雪山堡逃過了不少次戰爭和掠奪的劫運。

我們輪不停轉地向目的地飛馳，撇下一路上香味四溢的海鮮攤海鮮餐廳而不顧，直奔諾曼第海邊，爲的是儘速一睹日落前光華四溢自海中騰升的聖·米雪山堡。

當我們說「海市蜃樓」，我們說的是自然偶然的契機形成的一種現象。但我們眼前升起的聖·米雪山堡，如果不是眞眞實實的海市、蜃樓又是什麼呢？如果我們說威尼斯是從一種與土地和水有密切關係的石灰石形成，在水晶水和刺目的陽光中宏麗的誕生；那麼，聖·米雪山堡便是草澤中的鋼鐵，水柔中的花岡。啊，再想像，如果此刻大浪洶湧，驚濤拍岸，又多麼令人想起水浸金山寺那種惶恐與震怒……

寂靜龐大的圓周，此時彷彿天目微啟，才瞿然自夢與醒的邊緣躍起，把因疲憊而仍然熟睡的妻搖醒：「天快亮了，店主昨夜不是叮囑我們一早趕赴聖·米雪山堡嗎？那是不能錯過的。」用最速的時間把孩子們喚起。用最速的時間穿衣。用最速的時間飲下一大碗咖啡和吞下幾個法國麵包。再向諾曼第海邊馳行。

在明麗的朝陽下，聖·米雪山堡更加雄渾奇偉。一片光，一片暗影，另一片光，另一片暗影，凹突連接，層出層入，摺疊而入高天。陽光下，尖塔彷彿更尖更高更巍峨。陽光下，長堤上，盛裝的男子，盛裝的女子，棄車提下，飛巾振衣，像中世紀的朝聖者，驚喜若狂，應著鐘聲從高空的召喚快步趨前。雖未五步一跪，十步一拜，他們凝注的仰望，和目不轉睛的流覽，都顯示著朝聖者久望初臨的雀躍。及至入了城門，在城牆和城內依偎接引緊密屋宇的夾道上，聖樂四起，震盪著石頭巷中此起彼落的跫音。酒旗和各式各樣中世紀故事人物的飾帶在近乎歌唱法語的叫賣聲中飄揚著。繽紛的色彩，從古老灰黑的石建築間躍出，點逗著參拜者多樣的好奇。石階引向石階，石屋疊著石屋，石堡緊靠石堡，石殿金宮，依岡陵的體勢而直上，層臺聳立，至教堂尖塔而氣凌重霄，直是如天柱振發八面辰星。依石階而上，遊人不得不仰望而行，彷彿受神明的召示。

穿過山堡內主堂、中堂、側堂、宴廳、貯藏室、廚灶、囚室、刑房、冥想廻廊、鍊劍廣場來到半空的平臺，往來路望去，烟光凝而暮山紫，雄州霧列。而那急急的不斷接踵而來的，可是揮劍吶喊的中世紀的馬隊？而浮動在水面的舸艦，可是待號攻城的連環船？

暮色漸濃，在一片落霞中，在已辨不淸昏鴉來路的昏黃裏，在遊人溶爲一片迷離的影子的時候，聖・米雪山堡華燈齊放，自銀蛇萎動的黑海中一再躍起。

讓我們隨著詩的激盪到英國

穿越那軋磨的濤號：杜華海峽

開始。停止。再開始。軋磨的濤號，以它緩慢抖顫的律動，帶來悲憂永恆的樂音。一百多年前，在一個月夜的杜華灘岸（Dover Beach）上，一個英國詩人反覆地吟唱著他東坡式的「浪淘盡，千古風流人物」。

「那天晚上，海是無比的平靜。海峽上，潮滿月明。從海峽英國這邊杜華的崖岸看過去，法國的海岸線，燈火明滅；英國的崖岸佇立著，亙廣一列地閃閃爍爍。平靜的海灣上，夜的空氣是如此大方地泛瀰著甜味，被海風吹送到窗前。不遠的地方，在一線長長的水花的濺射裏，大海和月白的陸地相遇，聽！聽那卵石軋磨的濤號，當海浪把它們拖走又拋回，滾落在岸頭上。開始。停止。再開始。以它緩慢抖顫的律動，帶來悲憂永恆的樂音。

這，在古遠的以前，索孚克里斯那大悲劇家，首次在愛琴海聽見。這樂音帶給他腦中他心裏人類苦難混濁的潮汐；在同樣的樂音裏，我們站在這遙遠的北海的邊緣聽到的樂音裏，可以找到一點哲思。

信仰的海以前一度曾是圓滿的，沿著地球的岸邊，躺臥著，像散開的光亮的裙褶。但現在我只聽到它憂鬱的、長長的、收斂的呼號，緩緩地引退，退入夜風的呼吸裏，退入世界慘澹淒涼的廣闊的邊緣和它赤裸裸的被軋磨的沙石。

唉，我的愛，讓我們互相眞誠坦蕩！爲世界——她躺在我們的前面彷似一片夢土，如此的多樣，如此的美麗，如此的嶄新；其中沒有歡樂，沒有愛，沒有光，沒有肯定，沒有和平，沒有痛苦的抒解。我們站在這裏，彷彿是站在沈黑的原野上，被種種鬪爭和驚逃的慌亂與惶恐所橫掃，被裏面無知的軍隊夜裏的火併所擊倒。」

站在橫渡杜華海峽的船上，聽著不斷滾來的海浪擊打船舷的濺響，馬修·安諾德的每一句話的每一個音節都那樣眞實地廻響在我的心中。杜華的白堊岩岸已經在目，一大横條的白布似的懸掛在霧藍霧灰的天邊。白布上欲隱欲現閃閃竄動的，像甲蟲，像蚊子，像隨風翻飛的塵點，也許就是莎士比亞一度看到的在崖邊展翼覓食的烏鴉。

站在渡輪的船頭，看著海浪從船舷的兩面射成白色的水扇，把陽光灑濺滿目的晶瑩。鷗鳥灰色的翅翼，帶著太陽的弧光，斜入翠玉的晶藍與灑白的水扇之間。海浪澎澎拍著古舊的船身。啊，悲憂永恆的樂音，又那裏只有索孚克里斯聽見？「浪淘盡，千古風流人物！」在希臘的海上，在特洛城城下，你們可聽見目盲如蝙蝠的荷馬音調悠悠地吟唱有關戰爭與愛情的故事？在另一個悲劇家的口中，是如此的沈鬱而憂傷：「伊蓮娜啊，（按，即「木馬屠城記」中海倫的別名）伊蓮娜，舸艦的焚毀者！城邦的焚毀者！」沈吟的浪濤中，老者的沈吟：「讓她回去，回到船上去，回到希臘人羣中；否則，惡運即將降臨在我們的中間。惡運，更多的惡運。魔咒，魔咒落在我們子孫的身上。多姿，是的，她多姿的移行像一個女神。她有一張神祇的臉，她有神祇女兒的聲音。啊，她的每一步足都帶著逼人的運劫。讓她回去，回到船上去，回到希臘的人羣中⋯⋯。」

開始。停止。再開始。軋磨的濤號，拍擊船舷的海浪，重複著悲憂永恆的樂音。安格魯撒克遜族（Anglo-Saxons）的海員，用他深沈的調子訴說古代海上生涯的困苦，如何在慘愁的海濤中，坐在船舷守夜，隨著湧浪拋向崖岸；如何在隆冬的嚴寒裏，足踝被冰霜凍得痲木如上了鎖鏈；如何憂慮滿懷，他在冰凝的海上頂著多大，孤零零一個人，無親無故在雪花霜雹翻飛的夜海上，聽風雨狂擊石崖，聽冰羽毛碎落在船首。

事實上，在這海峽上浮載著的不只是日耳曼族中安格魯族、撒克遜族、朱特族（Jutes）英雄故事和戰爭的傳說與記憶；浪濤中還迴響著島上初民抗拒羅馬人和基督教的入侵和失守，迴響著第九世紀維京人（Vikings）的掠奪屠殺，迴響著一〇六六年諾爾曼人威廉對安格魯撒克遜的征服和所帶來的法語文化，迴響著英國與法國、英國與西班牙姻親關係在海峽上來回的陰謀與狂暴。在水、火、空氣和土洶湧的對抗下，大地彷彿沈入海中，物變物亡。聽！

「風，吹吧，裂開你的面頰！瘋狂地吹。任洪流滾動，大水傾出，把所有教堂的尖塔和風信雞完全淹沒；趕起你比思想還快的硫磺的大火，用雷的霹靂劈開橡槲，燒焦一頭的白髮！全面震撼的雷響，你！把圓的世界打成一片平地，把那製造忘恩負義的人類那自然的模子和所有的種子完全擊毀無存！」（李爾王語）

站在快將泊岸的渡輪上，這些狂暴、殘殺、悲憂的廻響，響徹了這個泛溢著文學文化的海峽。文化、文明，像那跡遍全世界的英語那樣，竟不是「以德服人」的產物，而是滾滾浪濤的血和死亡的結晶。開始，停止。再開始。那響徹雲霄的文化軋磨的濤號，永久是，「浪淘盡，千古風流人物。」

塔樓與雲雀之城

塔樓的城。如枝椏的塔樓的城。布穀鳥東西互唱。鐘聲如蜂湧至。迷人的雲雀震顫所有的圓窗。滿架的烏鴉。縈繞的河流。斑駁的百合花束在腳下微顫。這是牛津大學生活的一些零碎的意象。詩人霍金斯（G. M. Hopkins）禁不住洶湧的記憶，寫下一首一首關於牛津大學城的詩。

像飛雲的織梭，而在一滴
影子滾過田野和羊羣以後

風以笑聲打破這裏打破那裏的寂靜：
紫羅蘭影動，矮樹叢搖搖……
風定而雲雀的歌聲躍起
由牛津大學湧來一串串的鐘聲
把春天的空氣……響破

我們來了，可以說是要追逐這些形影、這些聲色，要沈入英國詩人們一些美好的記憶裏，去品味一些書香的氣氛。不只是霍金斯的。還有光華的洛瑞（Raleigh），嚴峻的約翰生（S. Johnson），做著柏拉圖白色的夢的雪萊，爲友人之死哀而復泣的安諾德。他們的詩歌，他們的記憶，都是我們要歷驗的。

但我們只能夠在塔樓間匆匆的穿行，讓一些句子，記憶那樣流雲那樣從塔樓間躍出，然後隱去。我們只能夠在沈默的校園裏、古舊的石牆和拱門下等待激起鴿羣的鐘聲？或側耳傾聽講壇上頌讀喬叟的「堪特伯利的故事」……

我們來了。我們只是過客。沒有時間慢慢地沈入那學術古舊傳統的氣氛裏。但我們仍然覺得這是一種奇怪的情感。因爲能夠踏實地穿行在學院與學院之間。因爲我們確實出現、存在在這些塔樓之間，書本上的認識，詩人的句子，他們所記的意象、活動、事件，忽然完全具體化了：他們確曾存在過。

愛風河上莎翁的故鄉

去愛風河上莎士比亞的故鄉史特拉福（Strafford-upon-Avon），是去看「人傑」與「地靈」的關係嗎？是去瞻仰一代文豪少年和晚年的行跡嗎？有不少人只是慕名而來而毫不知莎翁的情思。也有不少，腦杯滿溢著莎氏名劇中描寫山川林木的名句，想在愛風河畔找到一些尚存的踪跡。當然也有些專家，要把他去倫敦前神秘的一段一一揭開，挾著種種版本，吟著喜劇、歷史劇、悲劇在無數世紀無數國家中廻響的句子。

我呢？我心中廻響著，卻是他吟唱得最深沈有關時間對生命無情的激打。他的肉身，比金石更脆弱，如何敵得住時間的腐蝕與破毀呢，也許只有詩歌可以持之而不滅。在往愛風河的路上，我不免想起了這兩首「商籟」：

當我看到時間殘酷的手
把古逸年代的榮華毀容；
當我看見崇高的塔樓被夷平

永久的銅鑄向肉身敗裂屈從；
當我看見飢餓洶洶的海岸
向海岸的王國作無情的侵溢，
或硬化的土蠶食無涯的大水
用「失」來增加「得」用「得」來增加「失」；
當我看見環境如此的換位
好境自身因破毀而敗壞，
遺跡由是教我去細思：
時間會來，會來橫刀奪愛。
這個思想像死亡，沒有選擇，
只有爲怕「將失」而對「已有」哭泣。

眞是古詩十九首裏所說的「所遇無故物，焉得不速老？……人生非金石，豈能長壽考？」關於時間對人生的打擊，中外的詩人何曾異調呢？

當我想起每一個向榮的生命

只能夠保持轉瞬卽滅的完美
這巨大舞臺上演出的只是戲
都無從逃過星辰暗暗的指使
當我眼看人類的生息如植物
被相同的天空推動復又推倒
樹液初湧而有，樹液盈溢而無
他的榮華日日只向遺忘磨耗
這個「留不住啊」的思想告訴我
你青春的豐滿你青春的華美
當「時間之魔」與「腐毀」不斷商索
以暗夜來換走你青春的白日
與時間的鬪爭都是爲了愛你
他奪走的我將爲你重新接枝

「我將用詩歌把你的青春永駐。」那個「你」我們不知道是誰，但詩中的「我」，莎士比亞，卻眞的因爲他的詩歌而變得永恆不朽，用他的詩歌戰勝了時間。

去愛風河上莎士比亞的故鄉，就是要重新印認這個事實。讓一些「遺跡……教我們細思」，在時間的橫刀裏，我們應該做怎樣的選擇：永沒無跡呢？還是留下一些可以溫暖另一些人的心思的微跡？走入永久的遺忘呢？還是在人類生滅的過程中做些「接枝」的工作？

從牛津出發，一路上英國的鄉村整潔流亮，林木不多。但以山坡山谷來說，平齊柔滑一如隔海的法國，但比較突出的是綠茵上一團一團柔雲似的綿羊，在我走過的法國鄉野，似乎從未見過。田疇上多是麥子、玉米之屬，此時已一片金黃。小公路彎曲多轉，另有一番柳暗花明的意味。英國這區的村落房屋劃一，甚少變化，不似歐陸的街彎巷窄牆摺簷角那樣有趣。在這一段路的印象中，也少見教堂的尖塔。整個感覺，比諸法國的鄉野，因爲林木稀疏，色澤不濃。色澤雖不濃，油綠與金黃之間，在太陽的照射下，色光的玩味，仍是鮮麗無比的。但，爲什麼就沒有梵谷、蒙內、西西里的出現呢？威斯勒（Whistler），端拿（Turner），甘斯寶路（Gainsborouth）的風景，和印象派的畫很不一樣，有相當拘束沈毅的感覺，端拿近乎抽象的浪濤畫除外。他們之不同法國畫家，恐怕不是風景本身的關係，而是整套美感品味的差異。

進入愛風河上的史特拉福城，猶如進入了狄斯尼樂園的大街：密密麻麻如赴節慶的人與車，從四面八方傾入一條大街，黑邊襯著七彩酒旗飾帶的旅館、飯店、咖啡屋、酒吧、紀念品商店，雖有些伊莉莎白時代的色調，但避免不了很濃重的「觀光」的俗氣。愛風河的橋上，遊人如蜂，一種和伊莉莎白時代很不相同的哄鬧。

我們停下瞻仰大詩人莎翁的故居。故居藏在許多為觀光方便而建的現代建築的中心；莎氏故居附近的環境（草坡、樹木等等）一點也看不見。整個房子侷促在現代人的壓迫中。保留故居，我覺得附近的草木園地，總應留它百坪左右，那個房子才有些味道。雖然，我們明明知道這個房子也不是原物，也只是複製的；但就是複製，也該考慮到「存眞」所需要的空間。

不過，我想來的人都是景仰莎翁的，在心理上已經充滿了崇拜之情，見到故居，已經情溢於表了，也就未必如我這個欲見眞跡的人那麼挑剔。

城裏還有兩三個相關的房子，都可以幫忙我們「重新想像」那時一部分的生活，通過生活用的大型木桌木椅、餐具、廚具，通過附近一所戲院裏伊莉莎白時代的衣裝，演莎劇時的道具。但對我來說，使我覺得莎翁彷彿仍然在我們中間穿行的，不是這些複製似眞的事物，而是，第一，那棵砍了又再生婆娑的老桑樹，傳說莎氏小時曾吃過這樹的桑葚。人去物在，不正迴響著他面對時間哀傷的詩歌嗎？第二，是愛風河本身，平靜，清澈，反映著垂柳與古老的教堂，我們知道，莎翁曾像我們現在一樣，在河畔穿行冥思；第三，是故居裏的一些遺稿，包括地契。躺在玻璃櫥後面沈默的文字，確曾由一隻活生生的手寫出來。這裏是「時間」遞變的印跡，不動不變，卻含孕著生命和歷史一個長久的過程；第四，就是河畔教堂內莎翁的墓地，這裏面躺著確曾在倫敦、在歐洲、在世界意氣風發的大詩人。

倫敦是怎樣的一個冠冕？

山姆爾·約翰生（Samuel Johnson）有一次被問起關於倫敦的看法，他說：「朋友，你將不會找到任何一個人，只要他是個知識分子，會願意離開倫敦。不，他不會。朋友，假如他對倫敦厭倦，那他就等於對生命厭倦；因爲生命所要的、生命所有的全在倫敦！」

倫敦，啊，倫敦。她確曾一度是所有讚詞的城市！說是「城中之城，美中之美！」（William Dunbar，十五世紀）；說是「大英倫的榮耀，世界的奇景……甜蜜的泰晤士河，請溫柔地流，直到我唱完我的歌！」（Edmund Spenser，十六世紀）；「讓所有潔淨的女神、水仙、天鵝那樣，上下浮遊。」（Robert Herrick，十七世紀）。倫敦，詩歌裏的倫敦，很多都像華茲華斯那首「西敏寺橋上作」所記：

世界從來沒有比現在更嫵媚：
如果你見此宏壯勝景而不駐足
你的靈魂大概已失眞麻木
這城市現在彷似一襲輕衣
披著晨曦的柔美：空靈靜寂：

船隻，塔樓，戲院，廟宇，教堂圓頂
展臥向原野，筆挿入天庭
全然燦亮，空氣不著塵烟一絲
太陽從來沒有如此美麗
它初發的光華把谷石山丘浸透
我沒有感到、見到過如此深邃的清幽
河流滑行，一本自由，一本適志
神啊！屋宇都彷彿沈睡在床
整個偉大心臟仍在那裏靜靜安躺

現在的倫敦的空氣已經不是「不著塵烟一絲」；像其他的大城一樣，她逃不過汙染之劫。我們也看不見城市所展向的美麗的原野。所謂「生命所要的、生命所有的全在倫敦」也已經不再是事實，厭倦倫敦而繼次他往的人也不在少數。

倫敦再不是創作與發明的中心，起碼不是知識的領導者，更談不上經濟有什麼尖端的表現。對的，走入倫敦，仍是一片光華，仍是人頭湧湧的熱鬧，報紙、戲院仍有不少世界各地的讀者與觀眾。如果其他季節不是如此，起碼在我們來訪的八月，外來的客人梳網著整個大倫敦，彷彿在重演著英國過去的光榮，看，湧向那大鐘樓的人羣！看，湧向西敏寺的人羣！

穿行在死者之間

——倫敦西敏寺

魚貫而行
我們走在
帝王后妃的棺槨之間
讀著他們的事蹟
敲著石棺
去試聽
一個回音
仔細去審視
棺蓋上的雕像
來認定
來想像
他們一度穿行的姿式

魚貫而行
我們走著
步步如儀地
朝聖者
帝后的侍從似的
步步如儀地
踏著地上的墓石
踏著銅碑
和死者精刻的遺像

魚貫而行，我們要
仰視
西敏寺宏麗的建築
永恆光華的標示
勤懇的藝術史學生那樣
去辨認

羅馬式
哥德式或
中世紀的碎片
和變體種種

魚貫而行
依著潮湧
你推向這邊
我推向那邊
神甫在中央猛力地揮著手
指揮著我們
向左向左
向右向右
那樣忙不過來地重覆著
向本堂向靜修的廻廊
向懺悔所，向詩人閣

一定要我們沒有遺漏
大主教小主教
紅衣黑衣
武士宮娥
名顯名敗
一個皇族都不能漏
有桂冠無桂冠
一個詩人都不能漏

魚貫而行
我們手捧指南
按圖索印
玫瑰花窗、雕柱、壁龕的種種
然後你驚我嘆
廻響入高不可測的棟樑
殯葬的行列

從中古到現在
好深沉的跫音
響澈我們的棺槨
今夜，啊，今夜
當一切復歸於沉寂
讓我們找出那深思的修士
和他們理論理論：
你們爲什麼不讓我們安眠，
讓我們全然死透？

死者們會怎樣說呢
死亡，啊，死亡
也沒有帶給我們肅靜安寧
君不見
我們頭額上的雷動？

對我這個來自中國的愛詩者，因爲曾經在英詩中得過一些滋養，自然會情不自禁地流連於詩人閣，要確知我心中喜愛的詩人都被立碑追封，雖然有時我曾經和他們「爭吵」。這裏是華茲華斯，一度我的「導師」，一度我批評的對象。這裏是辜勒律己，浪漫主義哲學的說明者。這裏是「美是永遠的歡悅」的濟慈。這裏是「詩人卽是世界的立法者」的雪萊。莎士比亞，白郎寧，還有，啊，你看詩多正義！這裏是入了美籍的奧登！……我們爲過多少中國的詩人，古代的，現代的詩人追封立碑？中國的「詩人閣」在那裏？我們有完全專藏售李白或者杜甫詩文研究的書籍（中文的，日文的，英文的，法文的……）書店嗎？

人羣湧向充滿著埋伏、陰謀、擊殺、流血、滅屍（如藏在十尺厚的城牆內）種種駭人故事的「塔樓」（Towers）；湧向西敏寺橋，湧上泰晤士河的遊船，湧向支使和主宰著英國子民的國會，湧向一度是新文學藝術搖籃的蘇何區（Soho）。

陽光明麗，夏熱未升。更多的人，萬人空巷似的，湧向白金漢宮去看御林軍換班的儀式。但他們看到什麼呢？竄動的黑色的人頭和照相機，擠在黑色的鐵欄間，像動物園那樣，看著幾個玩具士兵，機械地操練著公式的動作。這完全是因爲好奇和人的弱點，促使人們從萬千里奔馳而來，就是爲了要看一點點的金枝玉葉君王的相色！眞是一瞥值千金！唉，你又何必那樣尖刻來挖苦人家呢？你爲什麼不往邊一靠，靜觀這幅人間活潑潑的景象呢？

尋夢？撐一支長篙

三一學院的外面是綠茵的坡地和垂柳的劍河（康河）。我們來到劍橋，不是去尋夢，而是尋索和印認徐志摩可能閒臥而由經濟學家突變而爲詩人的草地。我們正在尋索，劍河的對岸正好站著一個劍橋大學的學生，熨直的白襯衣和灰色的西褲，一頂很好看的圓邊帽，手上扶著一支長篙，在一條停泊在岸邊的小船上向我們招手。「讓他撐船吧，我們好重新歷驗志摩的夢」。

那河畔的金柳
　是夕陽中的新娘；
波光裏的艷影，
　在我的心頭蕩漾。
軟泥上的青荇
　油油的在水底招搖：
在康河的柔波裏
　我甘心做一條水草！

那榆蔭下的一潭
　不是清泉，是天上的虹
揉碎在浮藻間，
　沉澱著彩虹似的夢。

尋夢？撐一支長篙
　向青草更青處漫溯，
滿載一船星輝，
　在星輝斑斕裏放歌。

啊，詩人徐志摩，我來，不是爲了尋找你詩的靈感；說實在的，你的詩有時太飄浮，太夢樣，不著邊際，及太傷涕夢啼（Sentimental）。在年輕時，曾與你共馳，做過一些夢，流過一些文雅的精緻的淚。今天，我來，也不是要寫一首更好的詩，更不是要對生命文化作冷冷的嘲弄；而是因爲「再別康橋」，不管怎樣，確是第一首曾經引起過不少人對康橋遐思的詩；而你也確曾是激發起不少人去尋索詩之祕密的主要先導。是因爲這些，我來了。尋夢？撐一支長篙……。

陽光大道與天藍海岸

◈

早晨像一股飄浮起風箏的風，連鋼鐵彷彿都輕快起來。是昨夜到今晨氣脈緩緩充溢的關係，是隔宿的疲憊已被逐到感覺和觸覺的外圈的關係，是朝陽一步步把醉猶未醒的巴黎推向背後的雲霞裏的關係，我們南下的車子竟也輕快起來。

◈

彷彿是約定似的，這條通到法國南部陽光的陽光大道竟是一路的陽光。昨天的滂沱與沈雲的黑暗都在遙遠的記憶裏了。

早晨的陽光是如此的溫柔，雖在八月，也不覺燥燠。晨霧把兩旁的疏落的樹飛揚成旗幟，帶著綠原上的農舍，如騎隊靜靜的夾著陽光的大道奔走。灑落偶見的農夫，則似跟不上車隊的小孩子，一閃便落在後面。

而我們的車子，卻像在綠浪上的船，一波一波的綠原滑入我們的車底，然後沒入我們再不回頭的後方去。

◈

說綠原是不夠準確的。八月此時。深綠。淺綠。草黃。淺黃。金黃。深黃。大幅大幅的相間相連著，爬落山谷，爬上山丘，把村落抱起，把村落放下。如此深綠、深黃、淺綠、淺黃、草黃、金黃一路侵入遠方的雲霧裏，盡是麥穀之屬。

◈

公路乾淨明麗。每隔不遠的距離均設休息站，往往都在深幽的林中，恬靜、安詳；或在曠野的邊緣，開闊、爽朗。都修整平齊，淨潔無比。過路人，把帶著的野餐籃子提著，把麵包、火腿、乳酪、水果、紅酒攤開，或在陽光下，或在樹影的閃爍之間，品嚐一頓安靜如畫的午餐。沒有礙目的垃圾，沒有軋耳的鬧喝。車車、家家、戶戶、大大、小小都像情侶那樣，像在無人的小徑上，凝聽寧靜。這些休息站一路很多，和一般添油加水買賣咖啡的交流站不同。所以，幾乎每一個這樣的休息站，都似為幾個有心人而設的小園境，令人去後懷念不已。總有這麼一句湧到脣邊：這地方不錯，什麼時候再來。說景致，其實平平而已。其令人懷念者，因為沒有「觀光公害」的破壞之故。

◈

路標。路標告訴我們什麼呢？是告訴我們到里昂若干里，到馬賽若干里，到坎城若干里而已嗎？這個當然也有。這些之外，一路另有一組路標：Aire de……告訴我們附近的風土文物。Aire de……彷似詩經國風的分法：南風、秦風、鄭風……。路標請人精心畫簡圖，標示從這個出口出去若干里，可見羅馬古城遺址，或可見哥德式教堂，或可見高羅人殘垣，或可見羅馬式寺院、城堡……另外還有當地的產物，當地的文化活動，包括音樂節、藝術節，或本土特有的節慶活動。圖雖簡而能引人入勝。事實上，對我們有很大的挑逗。文化的教養，排立在超速公路上。每個標誌，著墨不多，但每一個都向我們召示：停下來，這裏有文化、文雅的風物，請來品味。事實上，我們好幾次想停下來去探尋。

這些標誌，不禁令人想起，我們是怎樣對待文物的呢？日本人所說的「文化財」，我們可曾好好的規劃保護？我們作家的一些故居，曾經是風湧雲起的一些發源地——文學團體的社址，我們可曾保留下來，供人瞻仰？那些具有代表性的古厝、城門，有多少逃過了「實用主義」的摧殘？但我們已有的，或意外地逃過刼運而留下來的，是不是也可以得到法國陽光大道上相同的待遇呢？這包括由臺北南下某些鄉鎮特有的鄉土文化的特色，是不是也可以通過類似的標誌，讓我們在拜金主義薰陶下的青年，也可以得到一些文化的提示，進而得到一些藝術的滋養呢？

◈

「你可知道『帝寵』（Dijon）芥末爲什麼享盛名於全歐美食專家之間？因爲帝寵地方出品的芥末的秘方來自高羅時代，高羅人又從羅馬人得來，羅馬人則得自古埃及……，有了『帝寵』芥末，蝸牛便更可口了……。」

「上天堂最短的路便是爬入酒窖裏，因爲酒會釀出很好的體液，很好的體液會釀出很好的行動，很好的行動會直接引領你入天堂……酒的文化也是羅馬文化的留迹。羅馬人統合了高羅族，直到凡聖西多力才獨立起來，其時羅馬人的酒與文化都已在亞里西亞（Alésia）生根。」

「今天去看亞里西亞可以看見最多的羅馬遺痕：圓形鬬技劇場，廟堂，公會所，城牆，街道，屋宇……。」

◈

在歐洲看到的鄉野和自然，時有與國內所見近似：同樣的草木河流，或者（從遠處看時）同樣的村落。但它們終究是不同的。不同的緣故是因爲在自然中呈現了人與文化的留跡，如教堂的尖塔，如古代留下來的石建築、城牆、河岸上的設施，鄉鎮屋宇建築不同的風格，使我們稱此為德國的，稱彼為法國的，稱此為英國的，稱彼為義大利的。除了危奇的山水之外，一般的丘陵平原，總的印象都差不多。自然，在此，卻要人的文化建設使其獨特。

◈

使到自然獨特的，應該還有一些新鮮的景物。譬如里昂以後的南方，在相同的綠原上，突然散佈著一大片白色的牛羣。綠草白牛，便是一個嶄新的畫面，和我們常見的綠原黃牛綠原青牛自是大異其趣。

◈

大異其趣的還有向日葵和纍纍纍纍的果實。

先是由一個文物路標開始。然後，突然，陽光大道兩翼一展，盡是梵谷的向日葵。一大筆一大筆快筆閃爍的黃色，恣意的飛揚，在風動的陽光下，佔有了視線以內全部的空間。我敢說這必然是梵谷故鄉的附近。藝術是不騙人的，同樣，藝術家生活的環境，如果沒有經過突變，大致上也是騙不了感覺的。梵谷必曾生活在這向日葵田熱熾熾的色澤中。果然，我們離開亞爾里（Arles）不遠。

向日葵田以後是金黃的牧草場。以前在畫中看到的，或者在美國南加州原野看到的，往往是割下來，打成方形的乾草包，等距整齊的排立在一片空曠而金黃的田野上；但現在，在空曠金黃的田野上，是一輪一輪花捲似的乾牧草，彷若等待發號施令，一齊滾向太陽的中心，好看極了。

跟著便是纍纍纍纍果實的桃李園、水梨園、櫻桃園。此時紅、粉紅、青紅、青黃，從綠中湧現，一如神話中纍纍的果實從豐饒之角溢出。我卻想著，也許我應該找一個休閒的春天重來，看滿園滿目的梨花、李花、桃花。

◈

迷濛昏黃的薄暮把我們送入南方，南方的小城愛尙蒲蘆風（Aix-en-Provence）。

讓我們洗濯手足的疲憊，在噴泉爭唱的歌聲中。

讓我們揉走眼睛的倦意，在華燈爭放的舞蹈裏。

愛尙蒲蘆風，一個小城，但有近百千的噴泉。在每一個交叉的路口，都有噴泉的設施：或帶希臘羅馬雕像騰空噴射，把燈光散落如花雨；或古老青苔的獨柱，幽幽的訴說情侶細緻綿綿不盡的話語；或匠人精心特製的雕岩，流傳著種種南方的傳說。一路淙淙的清脆鮮麗，使穿行者的步足都抒情起來。這比聞名全世界的梵爾賽宮的噴泉豐富多了。

話說前次在梵爾賽宮御花園的大圓池邊。是下午，微風從附近的林園吹起的時候，大家看偺大的宮殿已經相當的疲倦。聽說下午四點大圓池的巨型噴泉即將開噴，是一個星期一次的大事。大圓池中的雕像又是如此的神采飛揚，在四面林木的影照下，將更加壯觀。而且附近藏在林中的種種噴泉，亦將同時噴水，互相競奏。三時五十五分，大圓池邊坐滿了人，站滿了人，每個人都像等待音樂會開始，同時都把照相機準備好，隨時搶攝鏡頭。四時一響，噴泉沖天而上，水中雕像從四面八方用種種速度姿勢配合，果然像交響樂，也像旋舞，一時不約而同的掌聲四起。但掌聲還未盡意，大家便紛紛站起走避，隨著風起的，是一片水的惡臭，令人作嘔。原來當局爲了省錢，不肯讓噴泉不斷的換水噴射，所以才一個星期開噴一次，但這樣死水便積鬱太久而發臭，噴上藍天，再由微風托送，正好瀰散向池邊的觀眾。愛尙蒲蘆風的噴泉規模不大，但種類多，噴溢的方式每個都別出心裁，而又長年流轉噴送，色味音俱清新如歌，自然引人接近清賞了。

至於華燈，都能毫不吝嗇地爭放。尤其是在美拉堡大街上，兩邊的梧桐樹把街變成綠葉覆蓋的隧道。路邊咖啡座、茶座、餐廳都從內裏推到大街的中央，推到噴水池旁。在華燈下，杯光四起，躍自紅色的桌布。在華燈下，盛裝的男女，互相依倚，慢步來慢步去。在華燈下，咖啡香、茶香、酒香、花香、水果香爭相繞升，好一片悠閒之樂。趕路人，你能夠排拒它們的誘惑而不往椅子後一靠或一杯在手，讓時間停住，讓你從疲憊中甦醒？

◈

天藍海岸（La Côte d'Azur）是法國南部沿地中海岸的區域。地中海。天藍。海岸。陽光下晶瑩的藍色。

酒青的浪
逐著
酒白的浪
逐著
酒藍的浪
逐著
酒白的浪
逐著
酒紫的浪
水的筋絡
把陽光網住
當女神
用她的雙臂

把藍色的帳蓬
翻起
拂動透明的太陽
墨藍的傾斜的天空
滴著玉石
滴著玻璃閃爍的碎片
任震耳欲聾的浪濤
打向崖岸
打向岩洞
好一種深邃沈入的寧靜
是如此的悠遠
是如此的出神
有什麼在移動，移動在波浪的繩索之間？
有什麼在歌唱，歌唱在海鳥的展翼之外？
傾斜的天空
傾出紫葡萄的酒漿

在黑色的岩石上
激起萬千個小小的太陽
光，彷彿不屬於太陽的
綠玉髓
橄欖石
水青的透明裏
水藍的透明裏
有一種穿行，可感而不可見的
也許就是你我渴望的女神的行跡
水青的透明
水藍的透明
鹽白的濺射
花紫的濺射
騰騰的光華四溢的移動
便是戴安娜
足踏著海的綠玉和紫水晶而來了

穿行於天藍海岸的現代的過客，每年六七百萬人，不盡是為讚賞綠玉與紫水晶的美而來。陽光大道帶來的，都是為尋覓陽光的撫慰，把生活的疲憊脫盡，把身上的牽掛除下。穿行在鑲著藍邊的白沙的畫岸上的，是現代的維納斯，用她們潔白的身體，和透明的海水和陽光爭艷。

◈

酒墨的海（Winedark sea），那荷馬史詩中反覆出現的詞語，和綠玉、紫水晶等等確是我們要專程來看的目標。

車行到聖・拉菲爾（St. Raphael）城，車子塞得水洩不通。天上則是黑雲互擠，沒有一絲陽光的踪跡。難免幾分失望。到海岸時，遊人、遊船、車子更多。到處都是燈色彩帶，一片討好遊客的聲色，就是法國，也免不了庸俗煩人。海灘上沒有一個維納斯。遠海上沉雲如蓋，海水的墨色更濃，晶瑩不起來了。

跟著便是逐漸強密的雨。透著陽光的晶麗的地中海今天是看不到了。但雨中的地中海當然也有她另一面的魅力，尤其是在出了聖・拉菲爾以後的海角，紅土拔起的高山，奇岩青松映照著海角所塑成的墨藍的幾灣平靜無人的水鏡，偶見白色的屋堡高臨角上，景色亦頗絕美。可惜翻過山岩重落海岸以後的城鎮，又陷入先前的擁塞。事實上，到坎城、尼斯的一段很短的路程，車連車的爬了三四個小時，一切的遊與都殆盡了。我們終於在滂沱的夜雨中，進入了依山而建的小公國賭國摩納哥。

◈

摩納哥的建築整潔豪華，固然與賭國之爲賭國有關。但它的雄奇無疑也來自山勢之從地中海拔起。幾乎每一個建築，每一個街角，都可以俯瞰綠玉的地中海的水戲。摩納哥這個山城，有些地方很像香港島上半山區的建築，一個疊一個的拔起；從高處下看，氣勢景色有時也近似。所最不同的是，香港摻雜以髒亂。也許是因爲香港帶著歷史的負擔：難民與貧窮；而來賭國的則都是富豪之士。不過在財富的聚集之上，不知有沒有像在香港另一面生活所產生的歷史、生命、國家的深思？

我還是念念不忘晶麗陽光的追跡。昨晚的沈黑今朝竟然一抹清明。當人們都擁向比皇宮還要宏麗的賭場去試他們的運氣，當旅客帶著相當的興奮擁向皇宮舊城內的教堂去看葛萊絲・凱莉的棺槨，我則站在城牆上，聽薄荷綠的浪濤律動地打向城砦，激起透明的水幕。此時陽光澄明，有一種遙遠的音樂，彷彿馳著風動的陽光而來，那是羅馬時代的舸艦？是逐浪而來白鳥的拍翼？還是永不中斷的海湧的雷動，自非洲的彼岸緩緩馳來？水青的透明。水藍的透明。綠玉的濺射。紫水晶的濺射……。

◈

在進入義大利前的小鎮夢洞（Menton）。午餐後。沿著岩岸沙灘散步。太陽晶亮。海水酒青酒藍的湧動著。目及處，都是妙齡少女，不帶什麼衣物的牽掛，如此自然地，如此自在地，或坐或臥，或向遠海眺望，或執書細讀，滿滿的在岩石上休憩。另外在沙灘上，三兩成羣，談笑自若，穿行在一些穿著泳衣的男女孩童之間。一切都很自然。陽光下，碧水間，明麗的肌膚，淋漓雪白透紅的胴體，正是馬蒂斯、雷諾等人的油畫，正是紫水晶、綠玉、酒藍的地中海最好的補襯的色澤。

◈

過了邊界，進入了義大利。同是天藍海岸，同是旅遊車塞路，但景象則有天淵之別。房屋剝落。有些雄偉的建築，但都呈疲憊的感覺。望入酒藍的海的一些眼睛，好像茫然多了。

◈

但沒想到上了A10高速公路，其建築之雄奇，其景色之絕麗，又讓我們步步驚歎！我們稱之爲高速公路，事實也許應該稱爲高空公路。這條騰空駕雲的公路，是凌空的高架橋接長長的山洞接凌空的高架橋接長長彎轉的山洞接凌空的高架橋接長而曲折的山洞接飛天的高架橋……如此繼續不斷凡二百多處節節高昇的甬道！出雲入雲，出洞入洞。出洞。左側：深谷，雲山，層疊的林樹，一閃而過！右側：酒藍的地中海環抱的海岸城市，一閃而過！令人驚絕的爪踞在獨石奇岩的山城、殘垣、城牆、古羅馬教堂的尖塔，一閃而過！出洞入洞，出雲入雲，我們就如此騰雲駕霧地離開了天藍海岸而進入了指向米蘭的高原。

時間的博物館

——米蘭與威尼斯藝術的留痕

空城米蘭

一四九七年。米蘭。

「走向這個星形大城的，每天約有六七千輛四馬拖動的馬車和成千的兩馬拖動的馬車。繽彩紛飛，雕飾細緻，壯麗的緞錦接踵在街上奔馳。」馬提奧·班帝羅（Matteo Bandello）如此描寫著。今日的米蘭又何止萬乘的華車進出其間。

而那裏想到我們進入米蘭的時候，竟是一個幾乎是完全空蕩的城！除了少數的幾部車子外，街是空的。所有的店舖都關了門。所有的窗子彷彿也都是緊閉的。只剩下古舊的色澤和沉沉欲睡的暮色。我們好像一下子沉入到米蘭的過去，更久遠的過去！

或者是一個被離棄的荒城！

一個大城像一個無人的小鎮；但兩旁和前方卻是兩排高矗的宏偉的建築，雖然帶著時間的漬染而久未洗擦的泥黑，仍舊訴說著人與文化的存在。但這空城，這靜眞是異乎尋常，令人有一種感覺：城爲什麼空著？空巷好像是因爲發生了什麼重大的變故似的，但我明明知道，這是（或曾經是？）擠滿著生命與哄鬧的地方，是分秒必爭爲生活而匆忙的地方，爲什麼現在一切靜止、入睡，甚至近乎死亡呢？

這是我的城市

這是我的街道

這是屬於我一個人的城市……

我們把雙臂攤展開來，站在街心，如此的高歌盡興！這不能不說是異乎尋常的空蕩與沉靜！

八月假期

空城，不是爲了什麼。是爲了給自己身心完全放鬆三十天或六十天，讓它從逐使的磨損裏緩緩地恢復起來。八月份的歐洲，是人人度假的時刻。把門窗一關，把「聚寶」的欲望和煩躁、麻煩一齊鎖起來。一家大小，無憂無慮，往山上跑，往湖邊跑，往水邊跑。在美國，連午餐有時都在打字機旁吃。法國人、義大利人要吃喝就吃喝它二小時。西班牙人甚且要來個下午全休到四點！賺少一個月的錢，不是損失；因爲這等於身心的享受多了一個月的時間，不像有些東方人那樣牛馬自己，一天十六個小時的工作，而且還沒有星期日休假！我說的當然不是「不開店、無以食」的小本生意，而是那些已經擁有十數棟大樓而仍不肯損失一天收入的「爲財奴」。

不是「最後的晚餐」

我們是很幸運的。當米蘭的全城都傾巢到山上到水邊，中國兩位名畫家蕭勤和霍剛竟然都在城裏。蕭勤早識；霍剛心儀已久，五十年代末期看過他的畫後，便沒有追踪他年來的行跡，沒想到在米蘭見到。能得他們兩人分別引領去看米蘭城裏城外的名跡，比但丁得到維吉爾的引領還勝一籌，因爲除了對米蘭的建築和名畫熟識以外，他們二人都是「美食家」。蕭勤並曾以義大利文寫食譜，其中曾以「蕭勤鷄」一項聞名。事實上，有一天他買得名菌，曾煮鷄及燴飯，果然色味香皆一流。霍剛滿身音樂細胞，除了反映在他的畫上之外，還以相同的細緻顯現於烹調。其中紅燜甜菜，其味之美，無以名之，兒子灼直呼之爲「霍剛菜」。（我們後來曾仿製之，未得其要。）

「在米蘭公國的盛年，有不少建設，尤其是魯多維柯摩洛（Ludovico ic Moro 統治時期 1494–1500），邀請藝術家、建築師、科學家、音樂家共襄文化大業，參與者有達文西、布藍美特（Brammate）、柏契奧里（Pacioli），留下不少藝術的巨跡……。」

霍剛帶著我們穿過古老的青石道，在一片古舊的磚石建築之間，找到了聖瑪利亞教堂內達文西「蒙娜・莉莎」外最出名的「最後的晚餐」。「最後的晚餐」是一張壁畫，佔房間的一面牆。

房間相當的陰暗剝落，甚至有些荒廢的感覺，也許是失修的關係，也許是八月，來訪的人不多，燈光等一切從簡的關係。那張壁畫，在現場看相當模糊，很不如畫册上所見。但他宣揚的博提車里（Botticelli）以來的透視原理，倒是完全還可以見到。達文西把「最後的晚餐」畫得彷彿是房間的延長，利用透視的視減點原理，把房間原有的視覺的透視，繼續伸長入畫中。這個透視完全按照科學的分析，以觀者的視覺視向爲依歸。這個現在看來極其平凡的透視，在當時是極其突出的。事實上影響之深，一直到現代才被打破。達文西除了繪畫外，有不少科學上的發明，他的科學設計圖，他的數學，他的工程和航空的發明都是劃時代的。他這幅畫裏所提供的透視，完全發揮了他的科學邏輯精神。他並曾撰文大力攻擊忽略透視的畫家。雖然，他所提倡的透視法，事實上隱藏了我們現在稱之爲「物眼」的危機（卽定時定位的單線視覺）。但他當時的文章再加上這張畫，是文藝復興時期影響最深的藝術動向。

看著那張模糊的畫，想著不少畫册上的複製，腦中迴響著藝術史上種種的讚詞，再加上一個活著的畫家一再的強調，不免憶起李白這兩句詩：

屈平詞賦懸日月

楚王臺榭空山丘

達文西的永恆，與日月同存，完全是因爲他在藝術裏有了「獨見」。楚王臺榭已看不見，這片牆屢經戰事而被留下來，固是達文西之幸；但卽就牆現在被炸去，但他也已名留青史，無法抹去，近似「屈平詞賦懸日月」了。

眼睛的節慶

從這一展如平鏡的大廣場看過去，一些遊客的移動，像幾隻小貓，趕起廣場上一羣鴿子；鴿子旋飛向天。遊客擡起頭跟著鴿羣的飛旋，我們在廣場的盡頭也隨著鴿羣的飛旋，在天空上轉了一個圈，而停在廣場另一頭自地面筆直升起揷入雲霄的教堂的塔尖。一排石白的尖塔，點上灰白的鴿羣，倚著一片碧藍的天空。這便是聞名全歐的米蘭大教堂。

米蘭大教堂，是所謂「焰耀的」（Flamboyant）哥德式教堂，講褥麗精雕，恐怕只有法國盧安（Rouen）的相似教堂可以比擬。站在前門，看門上聖經故事的浮雕，看牆上一直攀升的種種石刻，可以用上一天半晌的時間。沉實鬱深，就我這個異教徒也未嘗不可以破例細細玩賞。

及至爬上了教堂的屋脊，環目所見更是令人瞠目。不知是何種精神的力量促使十五世紀的教主、平民、匠人，把精力財力完全貫入這些雕像、雕柱、雕塔上。先是四面層層高昇的尖塔，每一塔柱內又是每座皆異的精巧的雕像。因爲每進每轉角皆有巧雕，目既不暇給，心也不暇記。假如說詩是心靈的假期，則這個教堂屋脊的穿行應該是眼睛的節慶。

轉到屋脊平頂，坐在冰涼的雲石上看去，石筍的尖塔奔逐飛升，猶如一羣中世紀假面劇的舞者，冷凝在那高空的寂止中，等待我們發號而展姿。休默（T. E. Hulme）一度說西方人懼怕世界變動不居這個事實，「而設法逃避它，設法建造永久不變的東西，希望可以在他們所懼怕的宇宙之流中立定。他們得了這個病，這種追求『永恆、不朽』的激情。」是的，我們一面承認，這是人的妄自尊大；但另一方面，我們又不得不對這些藝術的昇華驚嘆！

古堡夜聽杜蘭多

對一個在中世紀遺下來的舊城米蘭追跡懷古的現代中國遊客來說，有什麼比得上在史福薩家族城堡中看以中國公主爲背景的歌劇杜蘭多更具挑逗性呢？

城堡，是史福薩家族，即佛蘭西斯哥·史福薩王朝（Francesco Sforza，一四三一即位）的城堡，至魯多維柯摩洛而大盛，是知識與藝術的中心，是節慶、婚禮、露天劇、遊藝宴會的中心。甚至現在，其中一部分仍珍藏著義大利古代的藝術品。其中最著名的，是米基朗吉羅九十歲臨死前仍在鑿刻猶待完成的最後一件雕像「聖母的哀悼」。氣脈栩然，有一種猶在呼喊的語言從雕像中躍出，彷似米氏的音容宛在。

城堡有剝落跡象，但大致完整。磚石黑灰黑紅黑赭，都是沉實古拙的色澤。像所有的城堡一樣，史福薩家族的城堡也是歷史和時間的留痕。但不同於其他城堡的是，萊茵河的城堡或法國洛亞河的城堡，都藏於自然景物中；或如西班牙亞維拉（Aila）的古城，整個仍保留了中世紀的原來面貌。在自然環境裏，在時間近乎停頓了若干世紀的亞維拉城裏，歷史和時間的留痕雖在而不覺尖銳或突出。米蘭這座城堡的周圍，雖然也不是現代的大樓，但也非古代的建築，起碼附近的活動呈現著現代人的生活跡象。如此城堡作爲一種遠古的留痕便更顯赫。留跡，就是人物與事件曾經在此活躍的意思。在城堡的古舊色澤裏，我們彷彿可以聽到唱遊詩人對塔裏的宮娥訴說他主人某武士的仰慕；我們彷彿可以看見城堡的狹窗嗖嗖的向來攻城的人發出來的箭矢；我們彷彿可以看見中庭中繽彩的圓裙隨著樂聲的旋舞……。

原是由貴族獨享的美樂，現在分給平民大眾。在城堡四邊圍出來的這個廣闊的中庭上，放滿了整齊的座位，作爲晚間爲民眾放映種種的歌劇和音樂演奏會。在城堡暗色的牆壁上，爬了一片活潑潑的長春藤，一直攀到塔樓上。暗紅中的鮮綠，彷彿象徵了古老城堡的新生命。

由霍剛提起，由蕭勤鼓動，一行八九人，是夜，也去分享城堡新的節慶。

是夜，也是一番驚喜。空蕩沉寂了兩三天的米蘭，怎麼突然從那裏倒傾出來了這麼多的人。城堡四周，燈光燦爛奪目，車水馬龍，眞是盛況空前。整個米蘭忽然活起來了。

也不是約定的，當城堡的四壁把燈光與哄鬧摒於城牆外，把黑暗和安靜留給等待歌劇電影放映之際，塔樓的東面，一彎下弦月升起來了，而一下子把我們送入我們夢寐中的古代。在這微溫似寒的古代氣氛中，歌劇「杜蘭多」開始了。

「杜蘭多」中所刻劃的中國公主、劇中出現的中國人物，都是屬於 Chinoiserie 式的（西洋人所認爲是中國式的中國風——通常還混雜著日本和印度——的藝術風格）。在我們看來有時只是一種遙遠的迴響而已。但對我們來說，今夜，在一個歐洲古拙的城堡裏，在月暗夜涼的古代裏，聽著，看著，竟有無限的親切。事實上，我們又聽不懂義大利文，情節約略跟上一半左右。但在月暗夜涼的古代的城堡裏，聽著看著武士激盪的高歌，情無以禁的奔放，突然間，我們彷彿已經衝破了語言、時間、歷史的限制，而沉入劇情與歌聲的中央！

樸雅與繁雕

「要看更樸雅的舊城，你得到米蘭的郊外去，如南面的帕維亞（Pavia）、東北的古城博甘模（Bergamo）、西南方的曼陀華（Mantova）和羅密歐與朱麗葉所在城費朗那（Verona）和更東的自成系統的威尼斯……。」

披帶著陽光和夏晨的微熱，沿著米蘭城外的運河，蕭勤領著我們穿過鄉村小鎮，一路點出一些義大利小城的特色。古雅樸拙的建築，雖略嫌剝落，但形式與色澤調和，屋形個性突出；在極少現代大樓入侵的情形之下，在沒有觀光客爬梳的情形之下，安靜中它們彷似一張張長者慈祥赭紅的或古銅色的臉。

我們到帕維亞的修道院（Certosa di Pavia）的時候，正好是正午休息，我們便優悠地馳向帕維亞城。蕭勤突然有所憶悟似的，極其興奮的說：「我們開向提千諾河去（Ticino），那裏有很好看的建築。」我們沿著靜靜地流了千萬年的河走了一會，一切清明無礙，心情也大爲舒暢。

突然，眼前一亮，好美的一所古紅磚的長條屋宇。我說屋宇，是因爲有沉實的廊柱，有多樣裝飾的屋脊，有一排簡單而設計別致的窗戶。而這一所廊柱巍然的「屋宇」是凌空架在提千諾河上。正在驚異間，我們已經到了入口，一看原來是一條蓋頂的橋，裏面寬闊可通兩面來車的車道和兩面供路人散步的步道。行人自然可以行而復止地從橋窗外看提千諾河水的緩緩的流姿。好有意思的一條橋。橋的作用是「接」與「渡」；但「接」與「渡」不必是粗糙而只求實用；「接」與「渡」（或文學作品中的傳達訊息）也可以藝術化，也應該藝術化。誰通過這一條橋而不停下來作一番品賞細玩呢？再從橋的這一邊看回去，後面赭色古雅的帕維亞和城中拔起的教堂的尖塔，和橋屋是一片和諧的暖色，完全融匯爲一。

在附近一個鄉村園林的餐廳裏，在一些樸拙而堅實的義大利村民的笑臉之間，在白衣間花巾的女侍的殷勤招呼之下，我們用了最多的時間，吃一頓心緒完全放鬆的午餐，像義大利人一樣。

不知是時間漬染的結果，還是帕維亞城的基本面貌便是如此。在無人的小街上，我們找到了一所小教堂。教堂正面的風化剝落情況很顯著；但不同於一般教堂的，是整個正面的雕獸都非常簡樸，不繁複，不精雕，與米蘭大教堂成強烈對比。蕭勤和我都同時覺得，如此的平易近人，如此的接近民眾，彷彿更合乎一所教堂之爲教堂的眞正意義。

但更能以平易的方式引發羣眾的應該是廣場上的大教堂。

我們原先是爲了品嚐義大利以外無法獲得的冰淇淋而特別步行到帕維亞的廣場來。義大利的冰淇淋是冰淇淋的上上品，細、滑、清、香而不見膩，不似美國（或其他倣美國的）冰淇淋，一味以濃膩與甜蓋過各種水果的原味。蕭勤並說，可以一口氣吃上四五份而不必擔心發胖，信然。

我們由冰淇淋店出來，沒想到瞿然看見高矗紅磚的大敎堂兀立在前面。一個大圓頂，迴響著米蘭城內布蘭美特聖瑪利亞敎堂上所建的大圓頂。但帕維亞的大敎堂是如此的樸素，沒有雕刻，沒有蝸物的裝飾，全身都是平易的民眾色彩，樸實無華，但剛健壯美。

但眞正令我驚嘆的是：入到敎堂內，竟是另有天地非人間。外面一身紅磚，裏面則完全是白大理石建築；雕刻，裝飾之華麗典雅，完全不落於其他名大敎堂之後。至於高昇的圓頂，從裏面仰首看，則完全一展壯闊的開放。也許是圓頂很高（有三百餘尺高），更有仰首望雲霓的召引力。這樣一種安排恐怕有意的。外面大智若愚，裏面氣象雄渾，彷彿要把所有「無明」的羣眾引向「空明」的境界。

我們再回到修道院的時候，已經有一部遊覽車的遊客來了。修道院不是要苦行用的嗎？爲什麼由正面的石牌樓開始，都是那麼濃密精巧繁褥的壁雕、圓形浮雕、大理石的鑲嵌，色彩鮮麗多樣，與金漆相間奪目呢？事實上，除了正堂外，附建的大中庭，中庭四周的廊柱，和從中庭摺疊而起的高高的圓頂和其他的塔樓，都是精雕麗色。再襯上中庭中的花木，和中庭外由更多迴廊所擁抱的一片綠園草地，眞是雍容華貴，不似修道的環境。雖然後來在庭外看到一些以前修士反鎖自修的宿舍，有些苦行的跡象。但修道院整個建築來說，是金枝玉葉的帝王色彩。這也許和它的建築史有關。它原是一三九六年由維斯康提皇族的基奧凡尼（Giovanni Visconti）初建，幾經六七個名建築師加築，其中亞瑪地奧（Amadeo）曾在此工作十年之久。繽彩繁雕想必與這段歷史有關。

這是東方，茱麗葉是太陽！

去看費朗那，完全是由羅密歐與茱麗葉愛情的傳奇所挑逗；去之前，我們對這個小城可以說無甚了解。

一個相當空的城。這已經够我們喜歡的了。而費朗那沿河而建的紅磚城牆和橋，又如此的與衆不同。城堞一排如刀成倒八字一路延伸過去，甚是好看。我們禁不住爬上城牆上，倚著城堞，聽風聲嗖嗖吹過刀鋒。

穿過了一些彎曲的窄街，我們發現了極完整的一個古羅馬時代留下來的鬪技鬪獸的圓形劇場。非常之大。外圈最高處相當於五六層樓。全部是用最堅實的石頭疊建而成。現在用來做一般的演奏或戲劇的演出。我們拾級爬到最高的外圈，一路沿著圓周散步，看著石級隨著我們移動的變化。在強烈陽光的照射下，那些現代裝置的座位，彷彿是古代的觀衆，不斷地以笑聲、呼喊、喝采，打斷圓心中一個武士力劈一頭凶猛的獅子的鬪技。在強烈的陽光下，一些飄拂的旗幟，彷彿是女子們向武士搖拂的頸巾……。

我們按著地址，在窄巷裏彎轉尋找，而終於找到了茱麗葉的樓房。小小的一個中庭。雅致。但完全沒有我們想像那樣華麗。我們自然也知道，這個房子多半是附會的。但氣氛是如此的近似。每個在中庭的人都向樓頭的小窗仰望，每個人都唸著那兩句（很方便地爲大家準備好的）羅密歐向茱麗葉讚美的詩：

啊，請輕些，什麼光從那邊的窗破亮？
這是東方，茱麗葉是太陽！
升起吧……

也是一個小小的戲劇，由我們各自試演。這也不能不算是一種趣味。

那升起、沉落、飄浮的威尼斯

威尼斯的迷人，不盡依賴她的傳說。她的存在，她的構成，她在水中的姿式都日日在書寫著她的傳奇。

「我站在威尼斯的『嘆息橋』上，一面是宮殿，一面是監獄；我看見她的建築自波浪間升起，彷如自魔術師的魔杖。一千年，它們如雲的翅翼圍著我展張。一種垂死的光榮笑著，自遙遠的時空。那時塵土都朝向聖馬克飛揚的獅子石像，那裏威尼斯穩坐著，並在千島羣中登極！

她像西北里（Cybele）女神，剛從海上升起，以三疊冠冕的塔樓，莊嚴壯麗移自稀薄的遠方。海河的統治者！權力的統治者！她就這樣——她女兒的嫁粧都奪自八方的國土，那富源不絕的「東方」傾入她懷中雨花一樣閃爍的寶石：她披著紫袍，各地的王公都以參加她的宴會來振自己的威風！

在威尼斯，泰索的歌詞已經聽不見。無歌的遊船夫靜靜地搖過去；她的宮殿倒塌在岸邊；音樂已不再響起，那些日子都已經逝去了，而美猶在……。」

拜倫一八一八年對威尼斯的驚嘆和喟嘆，也是我的驚嘆和喟嘆。

我們坐著水上公共汽車——渡船——向威尼斯進發，遠遠便看見城，一片的白色，陽光下的白色，自熠熠奪目如蕩漾著碎玻璃的水晶海中升起來。是升起嗎？還是應該說沉落？還是應該說，是飄浮在那裏？升起。沉落。飄浮。那只有船集可以如此。但威尼斯確像一艘巨大無比的船，而且是連環船。橋，彷彿就是無數的島與島之間的纜索，把許多船連結在一起。而聖馬克廣場的尖塔，大運河旁邊的皇宮，聖瑪莉亞教堂，都像這龐大船艦隊的帆桅。升起。沉落。飄浮。

升起、沉落、飄浮的威尼斯的迷人處猶在：兩頭尖細色彩鮮麗的遊船，由打扮得很羅曼蒂克的船夫，帶著對坐品酒的情侶，依著一些音律，在巨廈夾水曲折多變綠玉的運河上悠然的搖行，漂入滿花滿燈的咖啡座和酒吧，或數那數不盡的拱橋和數不盡的水邊咖啡座的彩傘，偶然有人在座中高歌一段「愛伊達」，使得遊旋於顧客之間的小提琴更加興奮更加熱鬧……。

但八月的威尼斯，這些美都被尋樂者埋葬了。河邊，聖馬克廣場上，皇宮內，密密麻麻都是人頭，都是外地的遊客，帶著各國的語言，帶著奇裝異服，一片野蠻的衝刺與鬧哄。威尼斯島上現在像什麼?像一個多嘴婆的新婦!所有的小巷都是外國的遊客，每一間小店掛著外國遊客所喜歡的威尼斯，像賣笑的女子，以庸俗的貨色挑逗著客人。一直到我們逃離了觀光的羣眾，走入一些無人的小巷，到一些遊船開不到的運河，在橋頭上看每個人家門前靜靜地安放著的小船，或偶見一家人從遠處划著船回家，這才感著威尼斯眞正的個性，她眞正的迷人處。據說冬天來最美，整個聖馬克廣場都不見一人，連鴿子都縮瑟在樑柱上。由於水位高昇，整個廣場都浸滿了水；而威尼斯，大連環船似的威尼斯，更似要沉落入海中，那片空寂據說更能令人迷思。

去看威尼斯的人，都要坐渡船經大運河區。兩面的房屋，當年都屬皇族伯爵之士，門面都爭妍鬪麗，各以建築設計爭榮，確有可觀。但今日看來，則相當剝落，殘破，未見復修，不像一個有生命有活力的城市。她倣似苟延殘喘的度著晚年而已。蕭勤說，就是這樣，所以美。也許，也許……。

阿爾卑斯山城的抒興

垂天的綠原

插入遙遠無窮的高天
白朗山矍然突出——寂然，凝雪，祥靜——
從屬的山巒，異於人世的形體，
繞著疊著，是冰雪，是岩石，在許多
凝結的洪流之間是巨壑無底的深層
青得像高掛的天穹，展開著，
透繞著，絕壁堆叠
其間只有風暴居停……
在這野放裏有一種神秘的語言

敎我們敬畏的質疑，溫和的信仰
如此莊嚴，如此祥靜，啊，這
就足以令人與自然修好！
大山啊！你有一種聲音，把
一切欺騙和痛苦的語規除卻
使人所不了解的，智者，善者
得以藉之使人感著，深深地感著。

這是雪萊對阿爾卑斯山上白朗山的讚歎，這也是華茲華斯深深感到想像的活動與宇宙的無窮交談之所，這也是拜倫「哈洛德遊記」（Childe Harold's Pilgrimage）中最令他迴腸蕩氣的景象。這當然也是我夢想多年欲溯行的路程。大學時代已有文字的感應，教書以來還時有重涉他們心跡的機會。有歐遊之行，誰不希望攀向這個高峯呢？

但我們的行程卻選擇了阿爾卑斯山的另一個山頭另一個進口，由義大利的費朗那（Verona）向般洛那山隘（Brenner Pass）進入阿爾卑斯山在奧地利部份的層巒。我們沿著河谷行進，兩面農作物已够綠意盎然，但由河谷拔起的山麓地帶則更濃綠；兩帶房屋，簡單紅瓦的農居，依著谷線山線迤邐而升。村連村，鎭連鎭。時疏時密。偶而一間俊美的教堂，偶而半峯上一個睨視谷下眾生的城堡，有些是蒼茫的殘跡，有些仍發散著中世紀的風采，都一一自我們眼角閃過。

河谷愈昇愈狹，山愈昇愈高，而突然，看！挿入遙遠無窮的高天，裙帶著雲紗的，就是那同樣的寂然，凝雪，祥靜而莊嚴若大將的山峯，在眾綠眾藍中躍起。而在絕白的峯彷若船桅顫顫然馳過絕藍的海的同時，由峯的半腰向四方濺瀉下來的，竟是如此嫩綠的垂天的草氈，好大幅好大幅柔草，夾著黃花的柔草，像瀑布那樣，從前面，從我們左右兩方，流伸下來。從來沒有看過那樣梳剪齊平的草髮，如此柔滑地從飛著一些青松的山頂傾下來。啊，多想從那最高的地方滾身而下，草柔草香，必是自然最純的氣息。

美的是，在這些垂天直掛的草地上，往往你會看見一所黑瓦白牆的農莊，那麼寫意地，那麼遺世獨立地，那麼睥視萬千地，在半空中驕橫地立著。

是的，這些景，一個接連一個，彷彿走不盡，走不出來。我們既在景外，復在景內。繞疊迴環。農莊的鄰居是雲塊，雲塊的伴侶是青松，青松的居停是絕壁，絕壁的剛堅在凝雪下竟又柔和得如漫不完漫不盡的草青。這些景，我們在明信片看過。明信片看的風景是假的；但當我們馳行在眞實的中間，我們竟然覺得是假的，是虛幻的，心裏彷彿欲問：這可是眞的？這可是眞的？

山城：意外的驚喜意外的美

一個義大利的小鎮。一個奥地利的小鎮。一個鎮，兩個名字，兩種文化。維彼丹奴（Vipiteno）是它的名字。它也叫做費利堡（Freburg）。一種意外的相遇。一種意外的驚喜。在歐洲，最美的不是人人都去的大城，而是寂寂無聞、鮮為外人所知的小鎮；個個都有個性，都帶有獨特的情調：簡樸中有一種寂美。而在我們意外相遇的城鎮中，最美的就是維彼丹奴。一種意外的驚喜中一種意外的美。

山隘間的維彼丹奴，在我們進入的時候，正被斜陽下點透著光的綠原抱著。維彼丹奴是個滑雪的好地方，想在多天，坡坡的雪白裏一所一所陡斜的黑屋頂，必另有一番美。如今，在夏天，綠，無盡的綠，傾瀉的綠，波濤的綠，啊，也許應該說，搖籃那樣輕搖的綠，映照得我們一身的青！高山的空氣清脆、冷冽，彷彿自然能够奉獻的，此刻正不斷的奉獻。

趁夜來之前，讓我們側身地馳上梳剪平齊的綠坡，到高山的谷原上，縱身入黃花拂飛的綠草中，伸開兩臂，隨著眼前起伏的山坡，和彷彿流水似的跳躍的山谷——總是柔柔沈靜的山谷，去唱我們心中的快樂。誰在這樣一個景中而不暢然起興呢？說我浪漫吧，說我太布爾喬亞吧，此時，我確實無從喚起悲痛與愁傷。彷彿有一個聲音說：愁傷，那太掃興了。一坡一坡的綠昇騰，昇騰，直到峯上一排（也彷彿是修整平齊的）松樹緩緩地將之攔住。一坡一坡的黃花逐著綠草一路奔向溪谷，直到谷中炊煙四起的民房欲將之攔住，而又未完全攔住而又一路奔逐上另一個山頭。

趁夜來之前，讓我們再縱身入草中，伸開兩臂，唱：這就是我的山巒，像茱麗·安德魯絲一樣……。

維彼丹奴城，離開奧地利才十公里，所以一切都非常奧地利。房屋是奧地利風格。男子多穿吊帶和短褲。女子都是花長裙。所有的招牌都是德文。義大利文反列其次。

說這個小鎮是一種意外的美，一種意外的驚喜，指的不只是景色，還應該包括人和物：旅館中純樸和親切的招呼。山寒中溫暖的原色木造的房子。香噴噴熱騰騰的德國豬腳和燒鷄。咖啡香和脆而有肌理的凱撒包。乾淨而便宜的房間，和每一個窗開向極目不盡的明信片的風景。事實上，當我們次晨整裝待發的時候，我們在晨霧輕拂中看那窗外的山坡，眞像一橫臥的綠色的女體，沈睡著，等待第一線陽光把她喚醒。當我們如此癡癡的出神的看著的時候，我們幾乎想把行裝卸去，就永遠地留下來而不走。

奇思與幽默的蕭絲堡

走還是要走的，因爲還有一些在遠方的「約定」。下一站是蕭絲堡（Salzburg），巴洛克藝術的蕭絲堡，莫札特的蕭絲堡，茱麗·安德魯絲「仙樂飄飄處處聞」的蕭絲堡。

在階梯前面盛放著紅花排列組合得近乎幾何形狀的花園的盡頭，是一個拔起如牆的峭壁，壁上臨風而立環視河城的是「浩瀚蕭絲堡」（Hohensalzburg）。中古的居爾特人和羅馬人爲你我留下了一種威武，一種氣勢，像鋼鐵的旗，飄拂在半空中。

而花園裏，從花圃中躍出，從噴水池旁飛起，從廊柱間翻轉而騰然的，是扭曲的一些雕刻的肉身，繞纏著，充滿著推向天空而又彷彿努力拖回地面的氣勢，伸，伸，伸，伸向大宇宙和「聖子與聖母」凌駕雲霓的大宇宙。力，是偉力，支使著一切的姿勢、活動和空間的佈置。離開了花園裏這些欲躍未躍的扭曲變形的雕塑，我們跟著樓梯上的圓鼓鼓的小天使，進入巴洛克博物館，頓然了悟到：不管在繪畫，在音樂，在雕刻，在建築，甚至在城市建設，其所呈現的浮誇，繁縟，在反對傳統的平衡與凝煉的同時，實在是在追求一種力的空間化。在力的流動上，在力的凝散聚結的推引激發上，無意中是受了古代星辰活動「寂止的音樂」這一神秘觀念所影響。我必需說這個印象是憑感覺的。那些表面扭曲怪狀的形象，包括魯本斯那些肥得有點不正常、飛行於天的小孩子，都彷彿是在一種星球即將爆炸或爆炸中的狀態。博物館的傳送方式也把周遭的畫——有些過份誇張，有些太過刻意、太不自然的畫和雕刻活潑起來：大幅幻燈片，把爆炸的動速，投射在天花板上。我們則隨著強烈的音樂，華格納的音樂，躍過怪異的表象而進入宇宙內在變化的激盪裏。

◈

有一位學藝術的朋友說，巴洛克風格中的奇特裏有著一種幽默。奇思與幽默的混合，倒是創造了黑爾布崙皇宮（Schloss Hellbrunn）那個大主教最好的寫照。

在皇宮的花園裏，我們圍著一組石製的花園餐桌，兩排客人的石椅，桌頭有一張是爲大主教王公而設。是一座不浮誇的平凡的花園餐桌。後面一池魚躍的水，再後面是皇宮本身。附近綠樹繁花，鳥聲不絕。想像盛裝的貴公子們，大圓裙的貴夫人們，遊園後一一就坐。大主教王公殷勤親切請大家用茶。大家正在品味入裏，笑語四溢之際，突然，水從每個人的石椅的一個小洞中噴出來，水從石桌中央噴出來。但王公不站起來，誰都不能先站起來。王公的座上沒有洞，也沒有噴泉。想像那驚訝，那叫聲，和那顧不了褲子、裙子從底濕起而又不能離位的不得不作的大笑。驚訝，大叫，大笑的也是我們。在後面參觀的幾個四面埋伏的噴泉「秀」裏，沒有一個人不濕衣褲，不少人正中要害而驚叫驚笑。水來自行人道上的路邊、地下、岩洞的頂上，羚羊的角上。

其中一個岩洞內，除了雨灑的活動以外，還有一個令人發笑的人，不停的伸舌頭，每伸每噴水。同時，洞內鳥聲遠近四起，美妙悠揚，都是通過水流水滴而成，自然與人工，恰到好處。

利用自然的動力而作機械的表演，最令人側目的莫過於路旁所見的一個舞臺，舞臺上大小人像凡百人，各人代表一種職業，由砍柴到拉風箱，由磨刀到殺羊，由熊舞到人舞。乍看以爲都是發條或電流所主宰，但這一切都只因水的通過。

最後一個噴水的娛樂，在一個房間裏，燈光下，一個金光四射的皇冠，由噴泉托住昇向屋頂，因噴泉水勢漸微而降下，昇降旋迴盡得音樂的姿勢。孩子們固讚歎，而大人此時都返老還童，因著一種新鮮感而掙脫了年齡。在出來的時候，兩旁的噴水形成一個拱形的隧道，彷似軍中的婚禮，兩面士兵的劍所形成的走道。大家昂首而出，滿足，快樂。冷不提防，從前面埋伏的一支水箭，把那一直以避過噴水稱雄的觀眾，射得濕狗一樣的全身。

濕中有樂。王公的頑皮竟然化作這樣具有創意的奇思，不能不說是一種異數。

◈

奧地利的音樂家可是這種奇思的異數？莫札特可不就是一例嗎？澎湃中他的音樂如天音溢流，越常規而湧發，化凡音爲異常，不少樂評家如是說，不知和奧地利的地景有沒有一定的關係。

奧地利的地景，以蕭綠堡的郊外爲例，此時都是黃花點亮的草坡延綿不絕地伸入高天，馳入夢樣的湖中，擁抱著童話般入睡似的鄉村。茱麗・安德魯絲在「仙樂飄飄處處聞」中伸臂迎唱的，就是俯視「月湖」的花原草原。而這也是莫札特收視反聽的天籟之鄉。一者，是大眾的迴響，一者是雄渾的澎湃。而兩者，此時，我們都可以用眼睛聽到。

視覺的音樂

維也納這一個名字喚起什麼聯想呢？音樂：正式的、非正式的演奏，音樂廳內，街上，公園內；藍色的多瑙河；維也納森林；宏麗的皇宮與公園。但，好奇怪的八月份啊！好安靜的城市！

維也納人都到那裏去了？音樂、管弦的，歌劇的都沒有。八月的維也納只有以視覺的音樂來迎接我們。

皇宮，議會，國家劇院，像兩個龐大的水袖，把我們環抱在中央。整個安排顯出一度是大帝國的氣象。不知巴洛克的城市意念對維也納有多少的影響。萬道交中於環，於一宏麗的教堂，使我感到一所內凝外散同時存在的中心。在崇偉的建築與建築之間，在一些巴洛克的雕像與雕像之間，壯闊的大道，壯闊的廣場，壯闊的公園。倫敦與巴黎，在設計上雖然近似，實在無法與維也納比擬。巴黎太擠了。倫敦缺乏一個空闊的收放同時的中心。

失去的多瑙河

「藍色多瑙河」只是史特洛斯的一種發明而已嗎？沒想到維也納這段三個小時多瑙河的船遊是如此的令人失望。史特洛斯寫的也許不是這段多瑙河吧。看，水是泥綠混濁，一路沒有可看的林木風景，甚至沒有可以令人銘記的建築物。三個小時下來，我們需要費神去搜索，才找到一些或許還算有趣的景物來彌補那失去的神話：運河區旁矮小的釣魚用的小屋；一個小孩在河邊騎著自行車和船競逐；河邊一些眉目不清的人向船上的人招手；幾個肥胖的婦人穿著三點式的泳衣在河邊曬太陽。浪漫的藍色的多瑙河在那裏？連船上的音樂都是庸俗不堪的。直到最後，船主也許記起來了，奏起「藍色多瑙河」來，同時帶一點粗野的幽默，把船搖盪起來，依著華爾滋的節拍。但，沒有用，我們找不到失去的神話。下回，我們到林區的上游去，也許可以感到一些失去的浪漫。

失去的中國

在維也納南郊莫德令（Modling）附近一個地下湖的入口，我們坐著等待入洞參觀，忽然，腦後一陣京片子的口音：女子的，男子的，小孩子的。人在異地，這馬上引起我們的注意，我們幾乎是唯一的中國人，時常被人當作怪物看，尤其是在東方人甚少出現的小城內。在莫德令這個小城裏，那裏來的這一陣京片子？臺灣來的？大陸來的？從大陸能一家大小到海外旅遊的，恐怕不可能；目前看到的，大部份是官方的或是半官方的人物。禁不住好奇，轉頭一看，卻是奧國人，（或德國人？）一家大小，太太、先生、祖母，兩個孩子，包括一個還在襁褓的年齡，全都用標準的京片子對話。我說：你們的孩子中國話怎麼講得這麼好？那女的說，因為我是他們的媽媽？口氣的意思是，媽媽是我（中國人），孩子說中國話還不自然嗎？但她不是中國人。我起先以為她先生是中國人。不，她先生是奧國人，也用中國話交談。祖母、女兒、孫子之間全用中國話，彷彿是他們的第一語言似的，但這不是他們第一語言，雖然他們曾在中國長住過一段日子，因為他們和奧國人接觸時，講的也是流暢的德文。

這一個簡短的接觸，給我的感應很深。連地心中神秘的湖和湖與第二次世界大戰作為軍機庫的故事都沒有收入我的記憶裏。我在想。在美國長大的中國孩子大部份都不會用中國話交談。最令人氣憤的是：才從臺灣到了美國兩三年，父母也多用英語交談。每每在中國同學會上，一些中國的教授，同學會主席的發言，全用英文！文化的根眞的是這麼淺嗎？這麼容易動搖嗎？看看這一家奧國人，覺得說中國話是理所當然的事之外，也說標準的德語，奧國的家鄉話。

現代的中國人，到美國的大都是知識份子，爲什麼孩子的中文保不住？你們沒有看見每年暑假回國學中國文化的孩子們嗎？那些課程都要用英文來講，書寫也許難些，聽和講總可以保住，只要父母在家裏開口絕不用英文便可以。問題在這些時髦的現代中國知識份子，自己先就喜歡講英文。講英文要講比外國人棒，這原是好的。葉公超的英文就使不少外國人拜服；但葉公超的中文更好，更深。這是心態的問題，假如這些知識份子在文化的認同上是中國，覺得中國文化是他生存的基石，他自然就不會放棄中國意識，語言文化也自然會貫徹到孩子的身上。在美國，有太多的中國人，不看中國報紙，不關心中國大事，尤其不關心文化大業，說話中往往是「他們」怎麼樣怎麼樣，中國怎可以用「他們」二字來說明，中國的事是「他們」的事，這是什麼話！

永遠的林木之音

藍色多瑙河沒有了。維也納森林又如何？我們於是開車，由莫城向巴丹（Baden）南方行進。一路沒有森林，只有葡萄園和小村鎭。雖然沒有看見森林，村村鎭鎭各具風采的樸素和靜恬，也足以暢放心懷。走了一段路以後，發覺路向可能錯算了，便決定折北。果然是好的決定，我們開始看見林木。大概是帶著維也納森林電影片段的印象，我們一直搜索大森林，大樹，和馬車可以穿行的濃蔭與沈靜。這，我們始終沒有看到，也許維也納的林木，本來就不像法國楓丹白露林那樣的沈深，是屬於輕快型的；也許，維也納森林另有一個沈深的區域。既見林木，又在放著黃花的溪旁，爲什麼不棄車去踏探呢？

我們過了獨木橋，沿著小路走入，不久便把一切車聲都隔絕。從葉子間灑落的陽光，卽是寧靜的足音，我們依著它們一步一步漫入寧靜的內裏。偶然也有大樹，蕭蕭之聲，只見夾著陽光的風，自樹頂掃過而迅速逸去。我們始終被裹在一種安詳的中央。這也未嘗不是維也納森林的另一支曲子。

突然，陽光沒有了。一股黑暗襲來，才下午三時，便沈若黃昏。看看，雨快要來了，雨已經來了。我們急急的趕到獨木橋的出口，一看，對面正好是路邊旅舍的附屬咖啡座，喜不自勝，叫了熱騰騰的濃湯和咖啡，從安全的座內凝望急逼的陣雨，打在路上，打在車上，打在葉上。

透過咖啡和熱湯的烟，透過雨飛的輕霧，林木這樣不定的搖曳著，我們彷彿身在陽明山，在竹子湖，在臺灣高山森林的雨裏，一股倦旅中思鄉之情從心中湧起，慈美說：讓我們在竹子湖那漂亮的松谷中建一所木頭房子吧。我說：如果能够，那便太好了。而且，竹子湖的松谷，也許還可以引發一個中國的史特洛斯，用音樂把它永恆起來？

布達佩斯的故事

第一章

涼氣自多瑙河湧起
觀光巴士一一寂寂停定
夜降臨
在羅斯福廣場上
中央研究院
在最後一個院士離去後
逐漸地爭回了
它原有的尊嚴
寂靜，邃古如舊

　無瑕如舊
輕輕的顫動，彷彿去回應
鏈橋那母親懷抱一樣
溫柔的搖盪
關於馬札爾人
我該從何說起呢？
那眼睛深黑如歷史的女子
搜索枯腸去回答
那尋根究柢的來客
我今天疲倦欲死
她說
因驚駭而疲倦欲死
因友人一個幼女
在車禍無故的早夭
她撥轉話題
當我們從布達古城

馳向佩斯新市的時候
音樂浪漫如舊
服飾多彩如舊
年輕的男子女子
有力的舞踏如舊
在Tokaj酒、辣椒、牛肉濃湯之間
涼氣自多瑙河升起
把城裏最後一絲焦味吹走
周圍高大的石建築
纍纍彈痕隱約可見
彷彿仍帶燒烟在那裏恍動著
倚著流蕩的風
隔著多瑙河
看山上古老布達城
漁人陵堡的圓頂
投下不定的影子

在閃爍的水面上
她開始說
這些彈痕……
又停住
我還需重複告訴你
隱藏在它們背後所有死亡的故事？
所有的死亡都是荒誕無理的
多少世紀
它們編織又穿織我們的生命！
但關於那熱鬧的中央市場
那個叫做什麼那支瓦沙查諾的呢
妳又如何說？
那尋根究柢的來客插嘴又問
每天早晨，由馬達勒，由巴拉頓湖
由多瑙流域，由梅索佛特
由林原，由山區

運來的鹿肉、魚類、瓜果與玉米
辣味的醃肉
一瓣子一瓣子的蒜頭
和藍霧一樣的李子
如此的豐盛！
關於裏面自一九〇一年以來那許多
雖然朝代繼起朝生暮死地遞換
仍能世代相傳的攤販
妳又如何說呢？
不錯，馬札爾人幹活是勤快的
大袖襯衣、百褶裙
黑花的頭巾
不錯，馬札爾人幹活是勤快的
犂耕每一寸土地
破石破土破沙
一如風和霜

犂耕他們的手與頭額
馬札爾人幹活是勤快的
一個工作，兩個工作，三個工作
幹，幹，幹
然後
醉，醉，醉
去忘記一切
然後
死
你可否知道
我們的自殺率全球最高？
你可以想像嗎？
這些健壯的馬札爾人
倒死在酒中歌中舞中？
突然
她的聲音

沈黑而蒼古
聲不由己地
自深黑的古代鐘聲似的傳來
被土地封著被氣候鎖著——
馬札爾人曾有一個巨大的王國
北達波羅的海
南臨亞得里亞灣
馬札爾人也曾是出海的健兒啊
雖然他們來自中亞細亞的牧野
風雪他們曾衝越過
狹隘關山他們曾爬越過
凡達爾、匈奴、亞伐爾、朗戈巴人
羅馬人、土耳其人、德國人、斯拉夫人
他們的橫征縱劫、掠奪與焚城
馬札爾人曾經頂受過
種種意圖、弑屠

種種侵略
農民的馬札爾人
血和死亡
他們都曾英勇涉過
說什麼村夫未鑿，他們曾
青出於藍
典雅尤勝於法國
Samu Pecz, Bela Bartok
布達佩斯曾是
歐洲藝術與音樂的中心
馬札爾人曾有一個巨大的王國
才昨日啊
我們避暑於亞得里亞海岸
被土地封著，被氣候鎖著
馬札爾人的未來將如何塑造？
幹、幹、幹

然後酒醉
然後死
馬札爾人的未來將如何塑造？
才昨日啊
我們北遊波羅的海
南進亞得里亞灣
揮著披肩
如風旋如浪旗
飛行在關山草原上
冷，已經包裹著
逐漸稀薄的琴音
三兩老人猶在角落
靜靜地唱
一些早被遺忘的歌
那女子與來客
從坐位上站起

俯視著多瑙河
此時空無一片
橋上串串燈花
和照得白亮的城堡和尖塔
布達佩斯從來沒有像現在這樣美麗
什麼風暴，什麼戰伐，什麼殺戮
彷彿都遙不可及……

睡吧，馬札爾人
聖・史提芬祝福你們
勿回憶
勿愁傷
睡吧，馬札爾人
勿愁傷
勿憂思
睡吧，馬札爾人

古老的夜
藉著多瑙河的風
如是低語著
向屬於馬札爾人的羣山
向屬於馬札爾人的草原

第二章　布達佩斯的傳奇

「是什麼東西吸引你到布達佩斯來？」

「是爲了參加『現代語言文學國際會議』。」

「只爲了這個嗎？」

「開學術會議是最沈悶的，你也熟知。」

「那麼……」

「我是因著它的傳奇而來的，譬如我們大學時代經常聽到的匈牙利舞曲，那充滿著使人血脈激盪的跳躍、廻旋、昇沈的律動……譬如那五色令人目眩、擊掌擊節令人手足躍躍欲動的舞踏……譬如那故事裏穿連著故事浪跡天涯的吉普賽留下來的音樂……『世界上最美麗的城市』，這不僅是一種傳說，城堡山俯視多瑙河，層層古代文化的遺跡林立，我們在照片裏看過，我們在電影裏看過，誰不夢想在這些文化的回響中穿行，又譬如那在二、三十年代中國家知戶曉的匈牙利詩人裴多非（Petöfi Sändor 1823–49）所反映的悲壯的民族情感，我們一面聽見在不斷受異族侵略下詩人的絕望：

希望是什麼？是娼妓：
她對誰都蠱惑，將一切都獻給；
待你犧牲了極多寶貝——
你的青春——她就棄掉你

一面聽見他吶喊：

在匈牙利的上帝面前
我們宣誓
我們宣誓
我們永不作奴隸（匈牙利國歌一節）

誰不希望看看像裴多非那樣爲了自由而前仆後繼的馬札爾人（匈牙利人），你還記得我國詩人崑南在蘇俄出兵摧毀了馬札爾人爲自由而起的匈牙利革命後所寫的「喪鐘」嗎？

馬札爾人，起來，祖國在召喚你！
時候到了，現在幹，或者永遠不幹！

願作自由人呢，還是作奴隸？
讓精神的昭示，選擇我們的命運！
匈牙利這名字一定重新壯麗
重新值得它古代偉大的榮譽
幾世紀來所忍受的污辱羞恥
我們要把它們徹底地清洗！
……
一個國家開始笑著去謀殺另一個國家
我們向著無拘束的河流走去，無論蒂薩河
無論我們的眼睛，都不能拋棄布達佩斯
孤獨的人和荒涼的城後面，還有泥土和肉體誰也不能毀壞那橋，它是通到耶路撒冷的
路不朽，Verbunkos 的歌聲中我們親歷過死亡的勝利永遠抵抗這一代到下一代，不
朽、永遠
只要我們不讓活的傀儡替祖國蒙上恥辱的屍布
只要我們活著，髮可以作弓，骨可以作箭
我們天才的李斯特，彈出我們國家的意志

我們民族的心靈，我們文化的光輝與我們歷史的價值
直至燦爛的匈牙利太陽再一次在東方高高升起
這些爲自由而英勇浴血的馬札爾人，他們現在變得怎麼樣？
我來，是爲了追尋布達佩斯的傳奇，是爲了聽馬札爾人的聲息。」

燦爛的布達佩斯，苦難的布達佩斯

最初是羅馬人，沿著多瑙河來到潘諾尼亞平原，在兩岸落腳，而在南岸，建城堡，紮營寨，築鬪獸場，因溫泉而設輸水道……這就是後來的布達古城和佩斯新城的發源地……

其後是玉蟬與銅鼎的匈奴王亞提拉，趁著羅馬的弱勢，由亞洲一路焚城而來……

其後是以銅扣稱著的革披帶族和以銀質器皿聞名的朗戈巴人……

其後是亞洲騎技精純的亞伐爾……

在這風煙的遠古，一朝一代的來去，是血流與肉濺，都被風滅無痕，我們只能在遺物中去尋索。

在這風煙的遠古，據說在八九六年，來自烏拉爾山區的馬札爾人，匈牙利的第一個王子亞爾柏德，在七個氏族的擁護下，他被七族的代表用盾高舉向天，歃血爲盟，宣布要征服布城附近的領域，建立馬札爾人的王國。

在這風煙的遠古，故事總是如此的神異出奇。當亞爾柏德來到卡爾柏塞山的費勒克關時，他給莫拉維亞王國送去一匹美麗純白的駿馬，要換取一些泥土、一些水、一些草。當亞爾柏德王子看到帶回來的土是如此豐沃，水是如此的潔淨，草是如此的濃綠，他馬上宣布這分回禮的意義，就是對方同意把領土讓予馬札爾人的表示，當莫拉維亞強烈地抗議時，馬札爾人的快馬雄兵，不一刻功夫便攻陷了莫拉維亞，並乘勢直搗德、法、瑞士、義諸國，版圖大張……

從布達區城堡山看多瑙河與佩斯區

(亞提拉·安莫第　作)

而在十一世紀擁抱了基督敎義而參與歐洲文化共同的建設裏。

那擁抱基督敎義，刻意與馬札爾人的東方傳統切斷，而參與歐洲文化共同的建設者，是聖·史提芬（1000—38）。他設寺院、建敎堂，並由西方引進藝工，大興土木。又和巴伐利亞公主姬雪拉結合；敎皇賜他皇冠，遂爲匈牙利第一國王，成爲東基督敎、拜占廷，與羅馬交匯的管道，鼎盛一時，直至十三世紀蒙古軍西征，片瓦不留地横掃東歐，始漸見衰弱敗落……

亞爾柏德王朝沒落，安楚王朝興起。查理·羅拔特統一諸侯，其子路易士版圖再張，北至波羅的海，南至亞得里亞灣，並在布達興建大皇宮。及至馬太亞斯，在凍結的多瑙河上宣布登位後，更是大加擴建，由義大利建築師主持，凡三百五十宮室，另精刻精裝藏書數十萬册，眞是威震一時，名震四方。在當時，布達可以說是十五世紀歐洲文藝復興時代最重要的文化經濟中心。

王朝的興沒，原是歷史上自然的定律，但對馬札爾人來說，馬太亞斯的死，便是馬札爾人王國永久的沈淵，因爲其後便是異族的統治，逼害，殘殺，破壞，蹂躪，侮辱……

先是土耳其入侵，統治了一百五十年，逼害、焚城、殘殺、蹂躪：喬治·都薩被縛在鐵製的皇座上活活燒死；千萬農奴被屠殺；路易二世被浸死在河中……

當代表基督精神的軍隊在一六八六年在維也納城下擊敗了土耳其而重新佔領了布達城，在勝利的高呼聲中，馬札爾人所希望得到的重獲自由，竟然是以暴易暴。匈牙利被淪爲赫士堡王朝的殖民地。二百年來，雖相繼有不少民族鬪士起來抗暴，但無一能倖免於極刑、流徙與死。其中最膾炙人口的，傳奇流遍歐洲而及於亞洲的，便是馬札爾人心中日夕仍期待再出現的民族英雄，匈牙利詩人裴多菲，和他流血和殉死的獨立運動……

在第一次世界大戰的時候，匈牙利一度曾以奧匈帝國的雄姿出現，但以馬札爾人獨立自主的形式則始終沒有實現。奧匈帝國崩潰後，匈牙利更加支離破碎，更加缺乏獨立自主的契機，譬如一九一八年後，便歷經無數次短暫而沒有建設性的統治。這包括只維持了一三三天的 Bela Kun 的共產政權，跟著便是羅馬尼亞的統治，和一個海軍將領短暫的管理；那時，匈牙利失去了以前三分之二的領土和一半的人口。匈牙利在二十世紀初期，竟然淪落到成爲一個沒有國王的王國，由一個沒有海軍的海軍將領統治……

第二次世界大戰帶來了更多的死亡和破裂，一片體傷，一片廢墟。最後落入俄國的掌握裏，落入比以前更恐佈的政治逼害裏，而引發了震驚全世界的匈牙利革命（一九五六年），俄國爲了完成她赤化東歐的目的，不惜大軍入匈境鎮壓這自由革命，帶來了三千人的流血和死亡，帶來了至今尤見的滿城的彈痕，和最令馬札爾人神傷的——二十餘萬人流徙到國外而不得歸……

布達佩斯之旅

—第一天—

到匈牙利布達佩斯開「現代語言文學國際會議」，來之前，朋友說，匈牙利是東歐最資本主義化的共產國家。剛巧美國電視臺上也介紹了布達佩斯近乎資本主義的生活形態，其中包括由分散經營和私人業餘企業方式帶來的經濟繁榮與富足。螢光幕上還出現了大量西歐及美國來的高級貨物如法國化妝品、美國流行音樂和衣飾等。電視臺還訪問了許多私人企業家，和他們致富的情況，都不似「一切歸公」的共產主義政策。另外還訪問了詩人、藝術家和音樂家，他們的作品彷彿都呈現著某程度的自由；這包括共產國家所通常不能容忍的抽象藝術，這個介紹給人的印象是：與西歐沒有多大歧異。

話雖是如此說，心中還是有種種的不安。事先也看了不少他們行事的資料，怕到時出錯被扣留不好。

我們早就申請了簽證。我們由奧國的維也納開車到布達佩斯，預計行車時間是三小時；照以往在歐洲開車的經驗，這個距離不算什麼。我們在歐洲國家行車近一個餘月，自由地出出入入西歐國家，如同在同一個國境之內，有時車子幾乎都不用停下來。只有需要換貨幣的時候才稍停。結果，在奧、匈邊境，護照和簽證被四道關卡查看，拖了一個多小時。這不知是誰不信任誰，小心謹愼似乎不必查四次。坐在同一個車子裏，難道還會變成什麼花樣來？是不信任我們呢？還是不信任前面關員的檢查？

一路的田野與奧國平原的或法國平原的無異。一片綠色的麥田，偶爾一大片向日葵。農居細小些，但並不破落；事實上，一路所見還有新建新漆的氣氛。除了這些以外，匈牙利似乎有不少人擁有私家汽車，就這一點來說，是令我驚異的。到底他們還是「先資產」「後共黨」，似乎在一個經濟基礎比較堅實，工業有了相當進展的基礎上去走共產主義，起碼在物質條件上比中共好多了。（在這裏，我還不知道精神條件如何？）

布達佩斯因爲臨河而建，多層文化的建築，宏麗、巍峨的皇宮、城牆、陵堡、教堂，俯視壯闊的多瑙河和宏偉的鐵橋，眞不愧是名城。城市非常熱鬧，車流如織外，更是一河燈色。有活動的，如多瑙河上的遊船；有不活動的，如鏈橋等凌空的吊燈。車燈，船燈，穿揷在進出於現代赫也德等大酒店的盛裝的人影之間。這眞的如電視上的報告，是走資本主義路線的成果？

華燈初上，餐廳裏都是吉普賽的樂隊，有些餐廳還有匈牙利民族舞的表演，氣氛是布爾喬亞式，甚至波希米亞式，有時近乎頹廢。一頓高級的晚餐下來，不超過二百元匈幣(約美金四元)。至於顧客，穿戴都是整齊入時。這不禁令人想，這是匈式共產主義一般的生活嗎？還是專給觀光客的設置？這些顧客可是特權階級的匈牙利人？二百元匈幣一頓飯，比起西歐任何國家都便宜；但是，如果坐巴士坐電車只要一元匈幣，一般人到菜場買一大堆肉食蔬菜才三十元匈幣，那麼一頓晚飯二百元，對匈牙利的平民來說，卻又太懸殊了。人民的收支必然是普遍的低，那麼這個繁華的表面又代表了什麼？可惜匈牙利語是如此特殊，與歐洲語系毫不相涉，我們無從去交談，去從實質上了解。

我來參加會議，會議的主持人什麼「入境到會需知事項」都沒有指示。幸好得我系裏同事介紹一位曾到加州大學來進修的E．B女士，給了我電話。我事先在維也納給她打了個電話，我就依著指示進城，經過壯麗的城堡山到她家去。

她家在城堡山半山上，是舊式新修的上等住宅，俯視萬綠叢中一大片紅瓦白牆的新建築，都相當雅麗。比起西歐某些國家，譬如義大利沿途某些山城，有過之而無不及。我們的第一個感覺是：可以與西歐的中產階級生活相比。就E．B的住宅看來，加上她有私人汽車，便知道她屬於中產階級以上。她的英語，和她父母的英語，都是道地的英國口音，用語又都雅致自如，也就說明了（我猜）他們是一九五六年匈牙利全盤赤化前上層社會的後裔。不知道眼前所看到的雅麗住宅區所代表，是不是這一個階層的居民；又這個階層的存在，在匈牙利共產主義下又意味著什麼？E．B招呼我們喝咖啡，在溫煦的陽光下，我好想打開話題，問她有關匈牙利種種的傳統，但初次見面，怎麼好開門見山問這些有時她不便作答的問題呢。

E．B是研究美國後期現代主義詩歌的教授並在國家出版社做事。在共產主義下能研究後期現代主義的詩，不嫌其曲折多詭的結構與示義方式，也是逗人思考的。我們一面喝咖啡，一面大略地提到大家研究的興趣。後來話題轉到旅途上來。我說：「我們一路來的時候，滿街滿巷都懸掛了國旗，今天是個什麼節日？」她說：「是個大節日。」「是獨立日？解放自由日？」「不！」她帶些輕蔑的口吻加強語氣地說：「都不是！是我們民族聖哲聖．史提芬的節日！」這一答，反映出她一定的想法。所謂「獨立、解放、自由」，不是獨立、解放、自由，而是屈從於俄國的掌握；聖．史提芬是馬札爾人建國的人哲大聖，這才能代表馬札爾人的節日。（我們事後翻書查看，事實上今天是黨定的「行憲日」，但對馬札爾人來說，聖．史提芬才是他們要紀念的。）她繼續說：「你們來晚了些，今天早上，多瑙河上有船隊作水花遊行，你們錯過了。但今天晚上，在你們住的地方不遠的自由女神像的山上，將會大放煙花，在多瑙河布達區與佩斯區的兩岸，你們將看到全城的馬札爾人。」

然後，E．B領我們下山，經過亞提拉大道，入布達城堡區，穿過第一大橋鏈橋，到佩斯區我們開會所在地羅斯福廣場上的中央研究院，經過臨河的一批由西歐或美國投資的各旅館，再折回布達，依著城堡山的城牆沿河開經巴爾托（Bela Bartok）街入我們停駐的學生宿舍。一路上，層層的歷史相繼的迴響在我們心中，由古城到新城又回到古城，布達佩斯像一本歷史書，一頁頁翻來翻去，而在我們心中，在眾迴響中，我們想聽聽馬札爾人現在的聲息。

是夜，九時以後，全城都把街燈熄滅，河兩岸人頭湧湧。我們站在吉列爾旅館旁，正好在放煙花的山下，一炮炮的煙花，把龐大的橋影，陵堡的塔影，和一山山仰望的人頭，明滅明滅的閃照著。那些冲天的紅光、綠光、黃光、藍光把山頂上的自由女神照得彷彿像馳行在光雲中，非常好看。E．B說，這不是獨立日，不是自由日，而是代表民族願望的聖．史提芬日。民族聖哲超過了黨。那些仰望的人頭，仰望的是煙花中古代的光榮？還是煙火中不定的將來？

—第二天—

現在說些不愉快的事。

我們被安排在學生宿舍裏住，是我們事先選擇的。原因是，會議的辦事人給我們的資料裏，只有兩種選擇。其一是價錢相當於美國大旅館的希爾頓，極之貴；其二便是學生宿舍。中間沒有其他的選擇。我們覺得，來開會的人近半數都要住到學生宿舍裏，而我們主要是來看布達佩斯和感受一下這個多層次的文化的，住，馬馬虎虎便可以。況且，據我所知，由香港來的梁錫華也都要住到這裏面。異地重見，能住在同一幢房子裏，可以多談些。

那知一踏入房間，臭氣冲天，把窗子打開了數小時，臭氣不散。忍無可忍，只好下樓跟他們交涉，終於換了一個房間。臭氣沒有了，但蟑螂滿地滿壁。洗澡間的花洒沒有頭，冲水四濺。整個洗澡間和簾子都長滿了苔綠，看來像從來沒有人清理整理過的樣子。這樣的房間說便宜也不便宜，比起義大利、奧國或德國小鎮上的旅館，同樣價錢，眞是天淵之別。人家房間不只是第一流的乾淨清潔，講究衞生，甚至有花草的佈置，每個人才收七塊美金，包早餐。這間學生宿舍，一切從缺，又不衞生，竟也要十五美元一天。我們一般來說，不計較住的條件，但基本的潔淨與衞生是很注重的。我們交涉又交涉，甚至願出錢買殺蟲藥和買新的簾子，都不得要領。他們口裏說，我們會改善。說歸說，就是不聽不管，不理不睬。你們住就住，不住就不住，和一般共產國家大鍋飯的心態完全一樣：他們不做，國家不會解他們的職；他們做了，國家反正也不會獎勵。

我們想，他們不管，會議的辦事人總可以施點壓力吧。也許，他們可以爲我們另作安排，那知道那些官僚更可惡。首先，第一件事他們要追註册費，註册費比一般學術會議貴（每人一百大美元——沒有晚餐，甚至沒有咖啡的純註册費），但我們願意來，也就不計較了。另外，太太另要付五十元，不管她參加不參加會議。我們也不爭了。我們過境時換了一大批匈幣，就是準備要付註册費用的。但他們說，只收美金，不收匈幣。住宿費也是由他們來收，不經過住宿原單位，也要收美金；而且，他們只找回匈幣，不找回美金。啊，原來辦這個會的一大目標，就是賺外匯。後來我們才知道，手上用不完的匈幣，還不容易換回美金帶走，一定要在境內用完。難怪在我們走路到會場之前，有這麼多人來向我們兜黑市換幣的生意！

關於我們住的問題，我們把衞生情形說明了，很想換個地方。那辦事員（旅行社代表），一派官腔說：「我們的學生宿舍是最便宜的，你那裏找到這樣便宜的地方，條件差些是當然的。」我們不服，說：「人家意、德、奥的旅館就比你們便宜，比你們好！」他說：「那你們住希爾頓好了。」我們說，不是住不住高級旅館的問題，我們說的是基本衞生條件的問題，我們希望退了，自己去找，我們是按照人之常情來商量的。他說：「沒有自己去找的事情，一切都要通過（國家）旅行社統籌分配。」那時，會議的總秘書，一個極其溫和的女子走過來說：「等一等，我替他們找找看。」她打了很多電話，都不得要領。我們耐心的坐著等，但那辦事員都很不耐煩，厲聲的威脅說：「請你現在付錢，不然我們就馬上將房間取消了。」我們原要說：「去你的，我們就走。」那總秘書過來說些好話。那辦事人也答應催宿舍的人改善，就算和解了。（按：但住的條件到我們走的時候都沒有改善）我們付錢的時候說：「我們來開會是文化、文學上意見的交換，沒想到現在是錢財上的交易！」那辦事人不答話，臉上也不露形色，眞到家！

在這裏，官自官，民自民，是兩個不同的體系，不然，我們就沒有什麼理由繼續留下來了。

現在說些愉快的事。

誰到布達佩斯都要在布達區的城堡山花上個半天。城堡山更確切的應叫作堡壘山。這個以城堡爲主的古城在多瑙河南岸拔起二百英尺，全城由石的壁壘圍著。這個城堡的興建，起於一二四一年蒙古軍入侵對岸佩斯城時該城所出現的完全無設防的悲慘狀況：該城片瓦不留，人肉四濺。由此，馬札爾人決定在布達城四周興建壁壘，在歷史上，這個堡壘發揮了很大的防衞作用。

到城堡山，沿著石級、靑石磚路走上去，可以觀賞皇宮，和博物院，可以看哥德式和巴洛克式的聖母院，可以看到不少其他巴洛克式的住宅，包括貝多芬曾臨幸的第九號屋，但最壯觀最美麗的莫過於最高點的漁人陵堡。

漁人陵堡最美的是那些高低有致圓身尖頂的塔樓，由石壁壘，石柱迴廊，和轉上轉下的石樓梯連成一組新哥德式、新羅馬式柔和的建築。從河下面看上去，一種灰白的光輝微顫在藍天，從上面看下去，可以看見壯麗的多瑙河北岸佩斯城的全景，包括圓頂筍塔的國會和環扣著布達和佩斯新舊二城的鏈橋，空闊而豐華。尤其是入夜以後，從廊柱間看下去，所有對岸美麗古雅的建築都浸在照明中，把面河彷彿用光整片的拉起來。

佩斯區的多瑙河岸（亞提拉·安莫第　作）

要把這份豐華的美完成，最好便是在廊柱間來個羅曼蒂克的晚餐。這正是馬札爾人想到的。這也正是我們今夜所作的決定：在漁人陵堡的迴廊餐廳上吃飯：盛裝。燭光。花桌。穿戴著紅黑爲主多彩衣飾的吉普賽樂隊。陵堡上一廊的歡快聲。多瑙河下面一河一岸的燈色。彷彿回到那華爾滋圓舞曲的時代，雖無鑲花邊的大圓裙，雖無燕尾服和花領結，但色彩、氣氛、旋律都令人如此感覺著。

匈牙利的菜是全歐洲最好的，這句話在法國人聽來一定要抗議。英國菜德國菜實惠，但淡而無味；意大利菜嗎，醬味又太重些；法國、西班牙、匈牙利的菜最講究調味品的均勻。（這當然是我個人的意見）法國菜用的調味品，偏於淡素方面，匈牙利的則偏向濃烈。也許是匈牙利本來就是東西各族的大結合，味道實在有東西方之長。說了半天，我是說，極合東方人胃口。不過，說匈牙利菜世界有名，想也不爲過；起碼，一道胡椒洋山芋燒牛肉濃湯，是誰都聽過的。

是夜，當然要點一道正宗的胡椒洋山芋燒牛肉濃湯了。一家四口，爲了樣樣試試，便又點了個法旦耶魯士（混合燒烤），一隻胡椒雞，一份烤鴨，一道由巴拉頓湖運來的梭子魚，每份都極其香而入味。

我們正在一面品嘗，一面稱讚的時候，鄰座有幾位年長的顧客，酒過三巡，把樂隊請到座邊，點了幾首顯然是「解放」前的民族歌曲，聽的人一面聽，一面唱，一面搖擺，相當傷感的調調，他們是——本地的馬札爾人嗎？他們是——放逐在外現在回歸的馬札爾人在緬懷過去嗎？

我們沒有答案，只有夜涼中豐華的燈景。

—第三天—

沈鬱的是
下午五時
一張張貼在電車的
窗玻璃上的疲倦的臉
沈鬱的是
橫街後巷
從塵封的公寓

半開的樓窗
伸出來
凝在窗框裏的
黑衣的老婦
沈鬱的是
下午午睡過後
在昏沉沉的
民俗館滿牆紀念照片間
發呆地坐著的管理員
沈鬱的也是……
河水冲不去
溫泉滌不清的
對風煙遠古的思愁……

—第四天—

從布達佩斯開車南下一小時，便可以到達巴拉頓湖的南岸。自從馬札爾人失去了可以和法國南部地中海避寒的灣區相比的亞得里亞灣區和波羅的海地帶以後，自從匈牙利失去了現今捷克與羅馬尼亞南北兩片領土而被土地封塞以後，巴拉頓湖便是全匈牙利唯一避暑的聖地。這個大湖南北兩岸是一個度假城接一個度假城。像仲夏的今天，人車絡繹不絕，岸上，灘頭，盡是晒日光浴的男女。穿三點式的女子也不少，但還沒有像法國地中海岸那樣上空全空滿灘皆是的情形。由於湖很淺，戲水的人一直站到一里外的湖中心也仍只是半身在水裏，倒是這個景色比較特別；因爲，與其說是湖，還不如說是個大水池，一個決眥而望不見對岸的大水池。

來度假的，除了日光浴和戲水外，也有不少人玩「風帆滑水」。一片片紅一片片綠一片片藍一片片五彩的風帆，把整個大鏡都活躍起來。也有一些情侶，踩著腳踏船，來來往往，宣說著他們回復到自然的情感表現。這時，誰還要談政治？誰還要鼓吹意識形態和思想改造？放情於天地之間，絕對不只是有閒階級的玩意……

入晚回到布達佩斯的吉列爾旅館吃飯，席間有匈牙利民族舞的表演，得來全不費功夫！活潑，有勁道，節拍剛健明快，舞動氣韻飛揚，一般來說，意氣風發而具有與生俱來的自然。這，在現在來說，只不過是一種保存下來的藝術嗎？一般的馬札爾人，有多少人仍能這樣舞沓，仍「生活著」這種藝術呢？

音樂、舞蹈、色彩與我們邊疆民族的極爲相似。就連他們身上的繡織，在色澤和花樣都很接近。雖說匈奴當年來此，有過些影響，但馬札爾人的語言卻又如此獨立不羣，與亞洲語系無甚關係，很難說匈奴有什麼決定性的影響。然而，食物的喜愛，烹調的味道竟又如此相應。我想這只好是一個不解的謎。吉普賽的傳統，可能就是這樣，把許多流浪的藝術集合、變化然後被遺忘……

—第五天—

和慈美、孩子、梁錫華去看百貨公司。梁錫華早已買了許多具有民族色彩的陶器。我們因爲回程的旅途還有一大截，不敢買這些易碎的東西。

土產的百貨公司，就是不能和外來品比，很粗糙。外來品仍是極其昂貴。也不知道顧客是誰？本地人？特權階級的俄國客人？

—第六天—

E·B女士終於有空和我們吃晚飯。我們在羅斯福廣場約好，然後在佩斯城一家道地的餐廳吃飯。吉普賽音樂如舊的輕快，燈光色彩如舊的明麗。我禁不住開始問她我心中的疑惑：布達佩斯所呈現的生活的懸殊。她說：「對，你說得對。確有這個現象。他們的工作所得極其不够。以我的薪水爲例，每月約一百美元，要生活得可以，起碼要三倍的錢。那怎麼辦？就只好一身兼數職。有些人，便用種種鑽營的方法去攢錢……東西並不像你所說的那樣便宜，其實對他們來說是太貴了。所以每個人都要做兩三份工作。他們回到家裏都倦死了。他們飲酒去遺忘……你可知道，匈牙利人的自殺率是全世界最高的？」然後她很傷感的訴說：匈牙利以前是歐洲的大國，如今被減縮爲一個狹小的國家。她的聲音充滿著對豐盛過去的懷念，充滿著恐懼與憂心，匈牙利如果再縮減，她的命運將如何啊……

我說：「匈牙利對我們來說，是神秘、浪漫，是激盪的音樂，是多彩多姿的舞沓，……」

E·B說：「你說得沒有錯，但應該有更多一些，更活潑些，更普遍些……。」

「在中國，匈牙利還是自由的徵象，裴多非的名字和他的詩，自一九二〇年代便傳遍了整個中國的知識份子；而一九五六年的匈牙利革命，通過了一個中國詩人的作品，更使我們對馬札爾人爲自由殉死的精神有無限的崇敬。」

「是的，一九五六，多麼令人懷念與傷痛的一年。記得我們國家這個領導人嗎？他，原來也是反蘇的一個忠貞的革命份子。怎料到在最危急的最後三小時，他反戈向馬札爾人，雖然他現在作出種種補償的行爲，但我們無法忘記這慘痛的三小時！

是的，匈牙利一般來說，比東歐其他的國家都自由；但有很多地方，這自由的形象是表面的，是一種表演。管制做得不露痕跡。他們對所發生的事，瞭如指掌。譬如，你剛才問我，做研究寫文章是不是一定要以馬克斯的模子爲最後依據。要，這幾乎是無可避免的。我的論文（論美國後期現代主義的詩），便被考試委員質疑：『她的論文合不合乎馬克斯的標準，既然她的生活方式和思想是如此的布爾喬亞？』這與我的論文有什麼關係？眞幼稚。有一位考試委員甚至問：『她在羅馬尼亞的活動（指我幫忙在羅馬尼亞被政府奴役的馬札爾人的事），她與當地的地下刋物的聯繫……她的論文怎能符合馬克斯的要求？』你看，這算什麼學術精神！他們怎麼知道我的活動呢？因爲有不少『眼睛』在看著。但另一方面，要維護『自由的形象』，他們需要某些地下刊物的存在。同樣地，世界性的會議必需開，這也是一種重要的表演啊。我想，匈牙利人民間沒有幾個眞心的共產黨員。

但我必需說，我們比羅馬尼亞好多了。我們衣食住行還豐足。羅馬尼亞還生活在配給的制度下，一個月只許吃一隻雞……人民的活動被更緊密的監視。在那裏，我的一個朋友，連到鄰鄉都不允許，但匈牙利人每年到國外旅行的人，數字極大……但我常常爲被奴役的馬札爾人憂心……」

第三章　邊界思索

「一步即成鄉愁」，對一九五六年匈牙利革命失敗後逃亡到外國的二十餘萬馬札爾人來說，這一步是永恆的愁傷。他們帶不走層層文化所代表的光華，他們只能背負著沉淵似的記憶和渺若輕煙的希望。

對我們來說呢？我們來，我們去，像其他的旅客一樣，像這邊界上的景物一樣，無可奈何地滅絕在極目不見的地平線上，在時間不斷的推移中。但奇怪的，我們彷彿也有一種近似鄉愁的情緒，一個熟識的失滅，一種不能說屬於自身的憂悒的湧起。離開匈境，重新踏上奧地利，確乎有一種解除了擔心的感覺，彷彿是說：我們已經回到我們可以應付（雖然不能說是認同的）生活環境：一個月來在西歐各國的旅行，在感覺上，它們之間有不少共同互通的生活形態與文化個性。

事實上，我們在米蘭看到的大教堂，很自然的會使人想起法國盧安的教堂；看到德國一些木架間塗灰的建築，我們會神馳回法國山城夏德的一些民房……。但，我們眞的能說，布達佩斯就沒有令人想起這些文化的回響嗎？不，正是因爲它處處令人想起德、法、意，甚至英的文化的回響，而使人有近似鄉愁的情緒，一種熟識的失滅。我們先經德、法、英、意、奧才到布達佩斯，好比替我們作了文化某種印認的準備，布達佩斯的文化，彷彿被重疊在這個幕景的藍圖上：熟識而又陌生。熟識的是布城與西歐共通的文化徵象，陌生的是外加在這文化上的政治體系。E·B說得好：「在我們的心中，匈牙利根本不屬於東歐集團的文化；我們和西歐文化是同一臍帶的。」

在奧、匈邊境，如果那個小鎭上的招牌沒有德文和匈文的雙語示意，誰會感覺到那幾乎看不見的邊界所劃分的兩種生活呢？我們不能說有馬札爾人的愁傷，但我們有一種近似鄉愁的情緒，一種熟識的失滅，一種不能說屬於自身的憂悒。

布達佩斯之行，雖然有些不愉快的事件，但我們有著相當豐富的興奮。在一個難得的際遇裏，在短短的數天間，竟然能夠從浮光掠影而進入一個曾經燦爛的文化的內裏，並感受到其間種種的掙扎與生變，絕望與希望，而且，使我們不得不在忙亂過後，在傷殘過後，在一些寧靜的時刻裏，對我們自己民族的命運與前途，作更深一層的思索。

葉維廉簡介

在中年輩的詩人學者中，很少人能像葉維廉教授那樣，同時在詩創作、翻譯、文學批評和比較文學四方面都有突破性的貢獻。

葉氏早年在臺灣與瘂弦、洛夫、商禽、張默等從事新詩前衞思潮與技巧的推動，一時風起雲湧。他的詩與詩論均曾獲獎（「降臨」，最佳詩作獎；「秩序的生長」，教育部文藝獎），並在一九七九年被列入「中國十大傑出詩人選集」。

在翻譯方面，他譯的「荒原」和論艾略特的文字在六十年代的臺灣，受到很大的注意。其後他又譯介歐洲和拉丁美洲現代詩人（見其「眾樹歌唱」），開拓了不少新的視野和技巧。在中譯英方面，他一九七〇年出版的 Modern Chinese Poetry，其中有六人被收入美國大學常用教科書內。在中國古典詩方面，葉氏則通過中國古代美學根源的重認，譯介了王維一卷（Hiding the Universe: Poems of Wang Wei）和「中國古典詩文類舉要」（Chinese poetry: Major Modes and Genres），匡正了西方翻譯對中國美感經驗的歪曲。

在文學批評方面，除了早期論詩文集「秩序的生長」外，還著有「中國現代小說的風貌」（香港版是「現象·經驗·表現」），是第一本探討臺灣現代小說藝術美學理論基源的書。

葉氏近年在學術上貢獻最突出，最具領導性、影響最具國際性的無疑是他在東西比較文學方法的提供與發明，由他的「東西比較文學模子的應用」一文（一九七四）開始，到最近出版的「比較詩學」一書（一九八三），十一年來，對西方新、舊文學理論應用到中國文學研究的可行性及危機，作了根源性的質疑與綜合，並通過「異同全識並用」的闡明，來肯定及發揮中國古典美學的特質，又通過中西文學模子和體制的「互照互省」，來試圖尋求更合理的共同文學規律來建立多面性的理論架構。

葉氏在一九三七年生於廣東中山，先後畢業於臺大外文系，師大英語研究所，並獲愛荷華大學美學碩士及普林斯頓大學比較文學哲學博士。

葉氏中英文著作凡三十冊。主要詩集有：「賦格」、「愁渡」、「醒之邊緣」、「野花的故事」、「花開的聲音」、「松鳥的傳說」、「驚馳」。散文集有：「萬里風煙」、「憂鬱的鐵路」。中文論文有：「秩序的生長」、「中國現代小說的風貌」、「飲之太和」、「比較詩學」。英文論文譯著有：Ezra Pound's Cathay; Modern Chinese Poetry, Chinese Poetry; Major Modes and Genres; Hiding the Universe: Poems of Wang Wei。中譯有「荒原」及「眾樹歌唱」兩種。

葉氏自一九六七年便任教於加州大學聖地雅谷校區，現任比較文學系主任。一九七〇、一九七四，曾以客座身份返回其母校臺灣大學協助建立比較文學博士班。又在一九八〇～八二，出任香港中文大學英文系首席客座講座教授，並協助建立比較文學研究所。一九八六年春天則在清華大學講授傳釋行為與中國詩學，對跨文化間的傳意、釋意作了深入淺出的論說。

滄海叢刊已刊行書目（八）

書名	作者	類別
文學欣賞的靈魂	劉述先	西洋文學
西洋兒童文學史	葉詠琍	西洋文學
現代藝術哲學	孫旗譯	藝術
音樂人生	黃友棣	音樂
音樂與我	趙琴	音樂
音樂伴我遊	趙琴	音樂
爐邊閒話	李抱忱	音樂
琴臺碎語	黃友棣	音樂
音樂隨筆	趙琴	音樂
樂林蓽露	黃友棣	音樂
樂谷鳴泉	黃友棣	音樂
樂韻飄香	黃友棣	音樂
樂圃長春	黃友棣	音樂
色彩基礎	何耀宗	美術
水彩技巧與創作	劉其偉	美術
繪畫隨筆	陳景容	美術
素描的技法	陳景容	美術
人體工學與安全	劉其偉	美術
立體造形基本設計	張長傑	美術
工藝材料	李鈞棫	美術
石膏工藝	李鈞棫	美術
裝飾工藝	張長傑	美術
都市計劃概論	王紀鯤	建築
建築設計方法	陳政雄	建築
建築基本畫	陳榮美 楊麗黛	建築
建築鋼屋架結構設計	王萬雄	建築
中國的建築藝術	張紹載	建築
室內環境設計	李琬琬	建築
現代工藝概論	張長傑	雕刻
藤竹工	張長傑	雕
戲劇藝術之發展及其原理	趙如琳譯	戲
戲劇編寫法	方寸	戲
時代的經驗	汪琪 彭家發	新
大眾傳播的挑戰	石永貴	新
書法與心理	高尚仁	心

滄海叢刊已刊行書目（七）

書名	作者	類別
印度文學歷代名著選（上）（下）	糜文開編譯	文學
寒山子研究	陳慧劍	文學
魯迅這個人	劉心皇	文學
孟學的現代意義	王支洪	文學
比較詩學	葉維廉	比較文學
結構主義與中國文學	周英雄	比較文學
主題學研究論文集	陳鵬翔主編	比較文學
中國小說比較研究	侯健	比較文學
現象學與文學批評	鄭樹森編	比較文學
記號詩學	古添洪	比較文學
中美文學因緣	鄭樹森編	比較文學
文學因緣	鄭樹森	比較文學
比較文學理論與實踐	張漢良	比較文學
韓非子析論	謝雲飛	中國文學
陶淵明評論	李辰冬	中國文學
中國文學論叢	錢穆	中國文學
文學新論	李辰冬	中國文學
離騷九歌九章淺釋	繆天華	中國文學
苕華詞與人間詞話述評	王宗樂	中國文學
杜甫作品繫年	李辰冬	中國文學
元曲六大家	應裕康 王忠林	中國文學
詩經研讀指導	裴普賢	中國文學
迦陵談詩二集	葉嘉瑩	中國文學
莊子及其文學	黃錦鋐	中國文學
歐陽修詩本義研究	裴普賢	中國文學
清真詞研究	王支洪	中國文學
宋儒風範	董金裕	中國文學
紅樓夢的文學價值	羅盤	中國文學
說論叢	羅盤	中國文學
國文學鑑賞舉隅	黃慶萱 許家鸞	中國文學
爭與唐代文學	傅錫壬	中國文學
江皐集	吳俊升	中國文學
德研究	李辰冬譯	西洋文學
辛選集	劉安雲譯	西洋文學

滄海叢刊已刊行書目(六)

書名	作者	類別
卡薩爾斯之琴	葉石濤	文學
青囊夜燈	許振江	文學
我永遠年輕	唐文標	文學
分析文學	陳啓佑	文學
思想起	陌上塵	文學
心酸記	李喬	文學
離訣	林蒼鬱	文學
孤獨園	林蒼鬱	文學
托塔少年	林文欽編	文學
北美情逅	卜貴美	文學
女兵自傳	謝冰瑩	文學
抗戰日記	謝冰瑩	文學
我在日本	謝冰瑩	文學
給青年朋友的信(上)(下)	謝冰瑩	文學
冰瑩書柬	謝冰瑩	文學
孤寂中的廻響	洛夫	文學
火天使	趙衛民	文學
無塵的鏡子	張默	文學
大漢心聲	張起鈞	文學
回首叫雲飛起	羊令野	文學
康莊有待	向陽	文學
情愛與文學	周伯乃	文學
湍流偶拾	繆天華	文學
文學之旅	蕭傳文	文學
鼓瑟集	幼柏	文學
種子落地	葉海煙	文學
文學邊緣	周玉山	文學
大陸文藝新探	周玉山	文學
累廬聲氣集	姜超嶽	文學
實用文纂	姜超嶽	文學
林下生涯	姜超嶽	文學
材與不材之間	王邦雄	文學
人生小語(一)(二)	何秀煌	文學
兒童文學	葉詠琍	文學

滄海叢刊已刊行書目(五)

書名	作者	類別
中西文學關係研究	王潤華	文學
文開隨筆	糜文開	文學
知識之劍	陳鼎環	文學
野草詞	韋瀚章	文學
李韶歌詞集	李韶	文學
石頭的研究	戴天	文學
留不住的航渡	葉維廉	文學
三十年詩	葉維廉	文學
現代散文欣賞	鄭明娳	文學
現代文學評論	亞菁	文學
三十年代作家論	姜穆	文學
當代臺灣作家論	何欣	文學
藍天白雲集	梁容若	文學
見賢集	鄭彥棻	文學
思齊集	鄭彥棻	文學
寫作是藝術	張秀亞	文學
孟武自選文集	薩孟武	文學
小說創作論	羅盤	文學
細讀現代小說	張素貞	文學
往日旋律	幼柏	文學
城市筆記	巴斯	文學
歐羅巴的蘆笛	葉維廉	文學
一個中國的海	葉維廉	文學
山外有山	李英豪	文學
現實的探索	陳銘磻編	文學
金排附	鍾延豪	文學
放鷹	吳錦發	文學
黃巢殺人八百萬	宋澤萊	文學
燈下燈	蕭蕭	文學
陽關千唱	陳煌	文學
種籽	向陽	文學
泥土的香味	彭瑞金	文學
無緣廟	陳艷秋	文學
鄉事	林清玄	文學
余忠雄的春天	鍾鐵民	文學
吳煦斌小說集	吳煦斌	文學

滄海叢刊已刊行書目㈣

書名	作者	類別
歷史圈外	朱桂	歷史
中國人的故事	夏雨人	歷史
老臺灣	陳冠學	歷史
古史地理論叢	錢穆	歷史
秦漢史	錢穆	歷史
秦漢史論稿	刑義田	歷史
我這半生	毛振翔	歷史
三生有幸	呉相湘	傳記
弘一大師傳	陳慧劍	傳記
蘇曼殊大師新傳	劉心皇	傳記
當代佛門人物	陳慧劍	傳記
孤兒心影錄	張國柱	傳記
精忠岳飛傳	李安	傳記
八十憶雙親 師友雜憶 合刊	錢穆	傳記
困勉強狷八十年	陶百川	傳記
中國歷史精神	錢穆	史學
國史新論	錢穆	史學
與西方史家論中國史學	杜維運	史學
清代史學與史家	杜維運	史學
中國文字學	潘重規	語言
中國聲韻學	潘重規 陳紹棠	語言
文學與音律	謝雲飛	語言
還鄉夢的幻滅	賴景瑚	文學
葫蘆・再見	鄭明娳	文學
大地之歌	大地詩社	文學
青春	葉蟬貞	文學
比較文學的墾拓在臺灣	古添洪 陳慧樺 主編	文學
從比較神話到文學	古添洪 陳慧樺	文學
解構批評論集	廖炳惠	文學
牧場的情思	張媛媛	文學
萍踪憶語	賴景瑚	文學
讀書與生活	琦君	文學

滄海叢刊已刊行書目㈢

書名	作者	類別
不疑不懼	王洪鈞	教育
文化與教育	錢穆	教育
教育叢談	上官業佑	教育
印度文化十八篇	糜文開	社會
中華文化十二講	錢穆	社會
清代科舉	劉兆璸	社會
世界局勢與中國文化	錢穆	社會
國家論	薩孟武譯	社會
紅樓夢與中國舊家庭	薩孟武	社會
社會學與中國研究	蔡文輝	社會
我國社會的變遷與發展	朱岑樓主編	社會
開放的多元社會	楊國樞	社會
社會、文化和知識份子	葉啓政	社會
臺灣與美國社會問題	蔡文輝 蕭新煌 主編	社會
日本社會的結構	福武直 著 王世雄 譯	社會
三十年來我國人文及社會科學之回顧與展望		社會
財經文存	王作榮	經濟
財經時論	楊道淮	經濟
中國歷代政治得失	錢穆	政治
周禮的政治思想	周世輔 周文湘	政治
儒家政論衍義	薩孟武	政治
先秦政治思想史	梁啓超原著 賈馥茗標點	政治
當代中國與民主	周陽山	政治
中國現代軍事史	劉馥 著 梅寅生 譯	軍事
憲法論集	林紀東	法律
憲法論叢	鄭彥棻	法律
師友風義	鄭彥棻	歷史
黃帝	錢穆	歷史
歷史與人物	吳相湘	歷史
歷史與文化論叢	錢穆	歷史

滄海叢刊已刊行書目(二)

書名	作者	類別
語言哲學	劉福增	哲學
邏輯與設基法	劉福增	哲學
知識·邏輯·科學哲學	林正弘	哲學
中國管理哲學	曾仕強	哲學
老子的哲學	王邦雄	中國哲學
孔學漫談	余家菊	中國哲學
中庸誠的哲學	吳怡	中國哲學
哲學演講錄	吳怡	中國哲學
墨家的哲學方法	鐘友聯	中國哲學
韓非子的哲學	王邦雄	中國哲學
墨家哲學	蔡仁厚	中國哲學
知識、理性與生命	孫寶琛	中國哲學
逍遙的莊子	吳怡	中國哲學
中國哲學的生命和方法	吳怡	中國哲學
儒家與現代中國	韋政通	中國哲學
希臘哲學趣談	鄔昆如	西洋哲學
中世哲學趣談	鄔昆如	西洋哲學
近代哲學趣談	鄔昆如	西洋哲學
現代哲學趣談	鄔昆如	西洋哲學
現代哲學述評(一)	傅佩榮譯	西洋哲學
懷海德哲學	楊士毅	西洋哲學
思想的貧困	韋政通	思想
不以規矩不能成方圓	劉君燦	思想
佛學研究	周中一	佛學
佛學論著	周中一	佛學
現代佛學原理	鄭金德	佛學
禪話	周中一	佛學
天人之際	李杏邨	佛學
公案禪語	吳怡	佛學
佛教思想新論	楊惠南	佛學
禪學講話	芝峯法師譯	佛學
圓滿生命的實現（布施波羅蜜）	陳柏達	佛學
絕對與圓融	霍韜晦	佛學
佛學研究指南	關世謙譯	佛學
當代學人談佛教	楊惠南編	佛學

滄海叢刊已刊行書目(一)

書名	作者	類別
國父道德言論類輯	陳立夫	國父遺教
中國學術思想史論叢(一)(二)(三)(四)(五)(六)(七)(八)	錢穆	國學
現代中國學術論衡	錢穆	國學
兩漢經學今古文平議	錢穆	國學
朱子學提綱	錢穆	國學
先秦諸子繫年	錢穆	國學
先秦諸子論叢	唐端正	國學
先秦諸子論叢(續篇)	唐端正	國學
儒學傳統與文化創新	黄俊傑	國學
宋代理學三書隨劄	錢穆	國學
莊子纂箋	錢穆	國學
湖上閒思錄	錢穆	哲學
人生十論	錢穆	哲學
晚學盲言	錢穆	哲學
中國百位哲學家	黎建球	哲學
西洋百位哲學家	鄔昆如	哲學
現代存在思想家	項退結	哲學
比較哲學與文化(一)(二)	吳森	哲學
文化哲學講錄(一)(二)(三)(四)	鄔昆如	哲學
哲學淺論	張康譯	哲學
哲學十大問題	鄔昆如	哲學
哲學智慧的尋求	何秀煌	哲學
哲學的智慧與歷史的聰明	何秀煌	哲學
內心悅樂之源泉	吳經熊	哲學
從西方哲學到禪佛教 —「哲學與宗教」一集—	傅偉勳	哲學
批判的繼承與創造的發展 —「哲學與宗教」二集—	傅偉勳	哲學
愛的哲學	蘇昌美	哲學
是與非	張身華譯	哲學